讀：因為有小說，我們得以自由

읽다

金英夏——著　盧鴻金——譯

目錄

第一天，讀　危險的閱讀

為什麼閱讀？世界上有很多答案，我也擁有幾種理由。但最重要的是，閱讀是為了對抗在我們內心深處生長的傲慢　。……這樣的閱讀會動搖我們曾經堅信的東西，那麼，讀者可以說是想經由閱讀這一危險的行為動搖自己信念的人。

因為我是作家，所以寫書。到目前為止我大概已經出版了二十本左右的書，但是閱讀過的書有多少？雖然我不是大量閱讀的人，但至今為止的閱讀量，應該是數百倍於我自己寫的書。這種不對稱性時常讓我覺得壓抑，閱讀了數千本，但只寫了二十本，也許大部分的作家都是如此。讀的書非常多，但只寫出遠遠不如這些書的作品。問題不只在於數量，而是在質量上，寫下不如讀過書籍的東西，卻以此留存給世人。現在放在我書架上的書，短則存活了幾年，長則存活了幾千年。經由這本書，我想以那些生存了這麼久的書、人們經常稱之為經典的書為中心，展開我要說的故事。

引用阿根廷作家波赫士（Jorge Luis Borges）的話，經典（classis）一詞源自於戰艦或艦隊。此言蘊含有秩序井然的重要機制，就像我們在乘船時應該如此一樣。經典由於歷經漫長歲月流傳下來，自然經歷反覆整理的過程。世界文學全集甚至都有編號，這個號碼並不是編輯任意排序，而是編纂全集的人根據每一本書籍的重要性來排序的結果。例如民音社出版的世界文學全集，第一卷是奧維德（Ovid）的《變形記》，與此相反，文學村出版的世界文學全集是以托爾斯泰（Tolstoy）的《安娜・卡列尼娜》為起始。如此的順序體現出世界文學全集的企劃者如何定義經典、對哪部作品更加重視。相反的，當代出版的書籍還處於混亂的狀態，那些書從印刷廠送到書店，從書店移動至每一個家庭，然後再送到舊書店，仍然沒有找到自己的位置。大概只有經過充分的時間，才能區分出其中哪本書是寶玉，哪本書是石頭。

經典這支秩序井然艦隊的旗艦，當然是《伊里亞德》和《奧德賽》。波赫士之所以說經典一詞源於「艦隊」，應該也是考慮到這兩部史詩之故。我的故事也要從希臘人帶領數千艘船隻組成的艦隊，前往征伐特洛伊的場面開始說起，我也建議各位讀者「重新」閱讀這兩部作品。我之所以用「重新」二字，是從伊塔羅・卡爾維諾（Italo Calvino）那裡學來的，在《為什麼讀經典》的序文中，卡爾維諾將經典定義為「人們第一次讀，卻又說正在重新閱讀的書」。如果說這個定義讓不讀經典的讀者感到羞恥，那麼另一個定義又赦免了這些讀者。他說經典是讓人在第一次閱讀的時候，也感到是重新閱讀的書。

亦即經典雖然是第一次閱讀，可「辯解」為是「重新閱讀」的書，換言之，雖是第一次閱讀，但也許給人一種「重新閱讀」的感覺。

我也是四十多歲時才讀完《奧德賽》的全譯本，但在那之前，我也一直認為自己很瞭解這本書。「啊，製造特洛伊木馬的那個奧德修斯在戰爭結束後，在海上經歷各種苦難才回到家的故事吧？他的妻子被求婚者騷擾，用紡車織線，就是這個故事嘛！」伊塔羅·卡爾維諾為了像我這樣的讀者，準備了如下的定義。他說經典原本就是因為聽過很多次，所以認為自己很瞭解，但實際閱讀後，就會發現其中有更具獨創性和創意性的思考。事實上，我之所以「再次」閱讀《奧德賽》，正是拜伊塔羅·卡爾維諾的這本《為什麼讀經典》之賜。真正讀過之後，我受到了極大的衝擊。

小時候我讀的是這部作品的刪節本，我想大家也許都差不多。這些給兒童看的刪節本，有很多都無視荷馬經過深思熟慮布置的構思，只是按照年代順序解釋發生的事件。①特洛伊戰爭以希臘聯軍的獲勝告終，②奧德修斯帶領部下啟程返回故鄉，③憤怒的神出於憎恨，使他在海上經歷各種考驗，④在雅典娜的幫助下，歷經千辛萬苦，終於回到故鄉，⑤他擊退了騷擾妻子的求婚者，成功返鄉，都是這種內容。其中，奧德修斯在海上經歷的神祕冒險故事尤其令人記憶深刻。例如獨眼怪物波利菲穆斯、誘惑船員的賽蓮等，然而這些內容與史詩的構思完全相異。《奧德賽》從雅典娜把其他天神召集在一起，討論如何讓我們的英雄——奧德修斯安全返鄉的場面開始，他因觸怒了海神波塞頓而無法回到故鄉。當時奧德修斯已經在海上漂泊了十年，成為女神卡麗普索的俘虜。雅典娜獲得其他天神的同意，想方設法拯救奧德修斯。她還見到他的兒子特勒馬庫斯，鼓勵他前往尋找父親。但是直到故事進行了很久，我們的主人公奧德修斯都沒有出現，他經過一番周折之後，終於擺脫了卡麗普索的掌控。他在海上歷盡艱辛，終於漂流到陸地。這個地方是菲亞西人的領地，奧德修斯這才講述了這十年裡經歷的種種冒險故事。從此處開始，我們所熟悉的獨眼巨人、賽蓮、卡麗普索等故事才陸續登場。但因為這是奧德修斯為了證明自己是真正的奧德修斯所說的內容，因此很難分辨是真實的證詞還是當場編造出來的故事。一開始的時候，敘述者推測應該是荷馬本人，而從這一部分開始，奧德修斯接替了敘述者的角色。奧德修斯登場之後，開始了述說「奧德修斯冒險」的奇妙場面。

故事中的時間也在現在和過去之間穿梭。現在是雅典娜召集會議的時候，而奧德修斯已經在海上流浪了十年。雅典娜開始行動，奧德修斯的兒子特勒馬庫斯前往尋找父親，奧德修斯從卡麗普索的魔爪中逃走，時間依次流動。但隨著奧德修斯登場，時間再次回到特洛伊滅亡之後，並講述他的冒險故事。活在距今約兩千八百年前的荷馬為什麼使用如此複雜的方式？這應該是因為當時的讀者（聽眾）已經非常熟悉奧德修斯的故事所致。構想特洛伊木馬的奧德修斯可能已經成為無數的故事和傳說的題材，在荷馬書寫這部壯麗史詩的時候，愛琴海一帶應該沒有人不知道這個故事。他可能像後世的天才作家，尤其是像莎士比亞那樣，為了「用不同的方式重新書寫大家都知道的故事」而努力過。荷馬多層包裝文本，故事中最有趣的部分，即奧德修斯的冒險部分被創造為「故事中的故事」；對於「年老無力的英雄能否救出被求婚者騷擾的妻子潘妮洛普？」，他把答案安排在故事的最後，以免讀者失去興趣。而且，獨眼怪物扔巨石這種當時看來令人難以置信的故事，並非由荷馬自己敘述，而是設定為經由奧德修斯的口說出，如此反而使那些冒險的故事更具說服力。

我們熟知李舜臣[1]這個英雄，我們是怎麼熟知的？經由以他為素材的眾多敘事作品，比如金薰的《孤將：不滅的統帥》和電影《鳴梁：怒海交鋒》等，我們自然而然地瞭解他。以這種廣為人知的人物為主角創作作品時，誰都會陷入深深的苦悶中。雖然有很多方式，但只要是現代作家，至少不會按照年代順序描述李舜臣從出生到死亡的事跡。也許是從鳴梁海戰臨近爆發之際，或是接到白衣從軍的命令，離開統制史的官位等富有戲劇性的部分開始，偶爾也會回想起過去的軼事，朝向決定性的場面，亦即他戰死的這一

1　李舜臣，1545-1598，朝鮮王朝時期名將，曾率領朝鮮水師重挫來襲的日軍，被譽為民族英雄。首爾光化門有李舜臣將軍銅像，其事蹟可見於許多小說與影視作品中，是韓國家喻戶曉的人物。

高潮奔馳而去。荷馬早在兩千八百多年前就掌握了這種技巧，而且自由自在地加以運用，這一點讓我感到非常驚訝。有人以此為例，認為荷馬在兩千八百多年前就已經寫出了非常「現代」的作品。但是我認為恰恰相反，反而是現代作家正在創作的作品，無論是小說、電影還是電視劇，都應視為具有「古代性」。也許我們距離古希臘人創作故事的方式也不那麼遙遠。看到距荷馬寫下《伊里亞德》和《奧德賽》幾百年後的其他作家作品時，這種心證更加堅定。有些人認為經典是陳腐的，但事實並非如此。長久流傳下來的經典從一開始就以獨特的方式更新，現在讀起來也覺得新鮮。換言之，現在讀起來仍然覺得是新穎的東西，在寫出的當時也是新鮮的。因為經典並不是從天上掉下來的，它們仍然要與當時的陳腐對抗。正因為這些經典與當時眾多書籍有著驚人的不同，因此才得以存活下來，可說與陳腐完全相反。過了很長時間之後，這些書籍也不嫌老或覺得陳腐，所以才能存活下來，被翻譯成各種語言，流傳到後世。在西元前四百三十六年到四百三十三年的某個時期，偉大的希臘劇作家索福克里斯執筆撰寫《伊底帕斯王》，參加一種可說選秀的悲劇創作比賽。索福克里斯以包括該作品在內的悲劇三部曲獲得第二名。二十世紀末，某財閥企業的廣告宣稱「沒有人會記得第二名」，《伊底帕斯王》雖然僅獲得第二名，但成為兩千多年來人們一直記得的作品，當年獲得第一名的作品早已被遺忘，沒有流傳下來。

我之所以閱讀這部作品的契機，是因為瑞典作家賀寧·曼凱爾（Henning Mankell），他參加二〇一一年七月三日BBC《World Book Club》節目時，主持人哈麗特·吉爾伯特（Harriott Gilbert）問道：「您是以劇作家起步的，為什麼會成為書寫犯罪小說的作家？」曼凱爾回答說，自己很難同意犯罪小說這一類型區分的方式。許多人相信犯罪小說起源於一百五十年前的愛倫·坡（Edgar Allan Poe），但他自己認為犯罪小說是最古老的體裁，其起源可以追溯到超過兩千年以上的希臘悲劇。他舉希臘劇作家尤里比底斯（Euripidēs）的《美狄亞》為例，故事裡有親手殺害孩子的女主角登場，他斷言如果這種故事不是犯罪小說，那麼就沒有什麼作品是犯罪小說了。他可能想表達如果犯罪小說是如此古老的東西，那麼他自己寫的作品也不希望被分類為犯罪小說這一狹隘的類型。曼凱爾並不是第一個認為希臘悲劇中的幾部作品是犯罪小說起源的人。相信在亞瑟・柯南・道爾（Sir Arthur Conan Doyle）和愛倫・坡之前沒有犯罪小說的人，通常認為偵探和警力是這一類型小說必不可缺的。但是也有很多人認為應該像曼凱爾一樣，更寬鬆看待犯罪小說的定義。發生殺人案件、調查開始、找出犯人的所有故事都有可能是犯罪小說。從這個意義上來說，《哈姆雷特》的主角也是一名在追查叔父邪惡罪行的偵探。曼凱爾雖舉《美狄亞》為例，但很多人認為犯罪小說的起源是索福克里斯的《伊底帕斯王》。大衛・米奇斯（David Mikics）等評論家表示「索福克里斯的這齣戲劇也是一部獨特且極具諷刺意味的偵探小說。伊底帕斯以老練的偵探自居，在不知不覺中發現自己的罪孽，結果反而助長了自己的沒落。」也就是說，這個故事是偵探在調查的過程中，發現自己是犯人的偵探小說。

我在沒有正式讀過《伊底帕斯王》之前，認為自己知道該書的所有內容。因為我不僅聽過太多次佛洛伊德（Sigmund Freud）命名的伊底帕斯情結，而且經由各種途徑，瞭解了該故事的梗概。嗯，不就是那個國王和王妃聽到自己的兒子將來會殺死父親，並與母親同床共枕的神諭後丟棄了嬰兒，但這個兒子後來解開司芬克斯（Sphinx）獅身人面怪物的謎題，殺死在路上偶然遇到的父親，與變成寡婦的母親結婚，後來知道了這一切之後，刺瞎了自己的眼睛，然後離開流浪的故事？對，就是這個故事，根本不陌生。我們在世界各地都能發現這種類型的民間故事。例如《舊約聖經》中出現的摩西，也是為了躲避殺害以色列百姓中所有男孩的命令，被丟棄在尼羅河畔，但被前來沐浴的公主和侍女發現，在法老的王宮裡長大，後來成為反抗埃及的領袖。但是讀完《伊底帕斯王》後，我嚇了一跳。因為索福克里斯敘述故事發展的方式，與常見的民間故事完全相異。

如同書寫《奧德賽》的荷馬，索福克里斯一定也覺得有必要重新構思這個廣為人知的故事，因此他放棄了依據年代順敘。再加上他想書寫的是必須在幾個小時內結束的戲劇劇本，所以需要果斷加以壓縮。因此當戲劇開始時，我們就會看到已經登上王位的伊底帕斯。這種敘事技巧稱之為「從決定性瞬間之前開始」。他聽到大臣們關於瘟疫猖獗的報告，擔憂國家和百姓的安危。當時的希臘人相信瘟疫是因為神的憤怒所致，伊底帕斯也是如此。因此他宣稱為了找出這場傳染病的原因，亦即為了找出是誰引起神的憤怒，他已經有所行動。當他聽說神的憤怒與先王賴瑤斯的死亡有關時，宣布將尋找凶手並徹底追究罪責。「我告訴你們，無論那殺人者是誰，在這個我擁有絕對權力和王座的國家，任何人都不允許提供他藏身之處或與他搭話，也絕不可與他一起向神禱告或奉獻祭品，更不允許用水淨化他的意識。……給我們帶來瘟疫的是他，大家把他趕出門外吧。我要成為神和那些死者的同伴。還有，那個不為人知的殺人犯，不管是獨自犯罪，還是與眾人串通，他都是邪惡的人，我要詛咒他悲慘地度過不幸的一生！」

當時觀看這一場面的古代希臘觀眾會有什麼反應呢？就像我們為了收看受歡迎的電視劇而定時打開電視一樣，當時的希臘市民在結束工作後，會聚集到位於城市中央的露天劇場。當時一定也有明星演員，當然也有受歡迎的編劇。因此有時觀眾爆滿，有時場面冷清。不管如何，他們一定是坐在半圓形劇場的觀眾席上，俯瞰著自以為是的伊底帕斯詛咒殺人犯的場面。他們已經知道伊底帕斯是真凶。「你這個傻瓜，你詛咒的那個殺人犯就是你自己啊！」因為這是一個從小從家裡的長輩或村裡的說書人之處聽過無數次的故事。因此，觀眾可能從這個場面中感受到大衛・米奇斯提及的「諷刺」和懸疑而覺得戰慄。伊底帕斯自信滿滿，他聰明到可以解開司芬克斯的謎題，而且還能獨自擊斃在路上遇到的賴瑤斯國王和他的隨行人員。他成了底比斯的國王，也成了四個孩子的父親。直到決定命運之日到來之前，他是大家羨慕的焦點。但是索福克里斯展現了這個優秀的男人在一天之內徹底毀滅的故事。

是的，《伊底帕斯王》只是一天的故事。下令調查、傳喚證人、最終發現殺害賴瑤斯王的犯人就是自己；母親兼妻子奧卡絲達自殺、他刺瞎自己的雙眼，讓自己成為盲人，這些都是一天之內的事情。索福克里斯用緻密的情節，將伊底帕斯從榮耀的王座推入破滅的深淵，就像一部製作完美的現代電影。《伊底帕斯王》也和《奧德賽》一樣，可以這樣反過來說明。我們在電影院吃著爆米花觀看的現代電影，其實是來自於《伊底帕斯王》，或者現代電影和小說還在《伊底帕斯王》的磁場內，因為使用於這部戲劇的各種技法，至今仍在現代電影中襲用。

亞里斯多德在《詩學》一書中對於悲劇的時間曾表示：「悲劇具有儘可能在太陽運行一次的期間、或不超過太多的時間內結束的傾向」。也就是說，如果劇情發展到接近高潮，那麼其結局就應該在第二天的黎明前結束。這種原則不僅在莎士比亞的戲劇，例如《羅密歐與茱麗葉》、《奧賽羅》、《李爾王》等作品得到印證，而且在二十世紀以後製作的諸多電影中也得到體現。

我們來看看二〇〇四年上映，邁可．曼恩導演、湯姆．克魯斯主演的《落日殺神》如何？洛杉磯平凡的計程車司機麥克斯偶然間載了殺手文森，文森向麥克斯提議說，如果給他當一整晚的專屬司機，將支付他七百美元的鉅款。當麥克斯在第一個目的地悠閒地等候，一具屍體掉落到他的計程車上時，麥克斯立即發現自己正在幫文森做什麼事情。

在那個夜晚結束之前，麥克斯曾經平穩的生活陷入混亂，職業殺手文森也走向滅亡。電影的高潮是文森和麥克斯的槍戰，當時是以天亮後的洛杉磯地鐵為背景展開的。如果文森和麥克斯是在早晨鬆了一口氣、午睡之後再次相遇並發生槍戰，那又會怎麼樣呢？雖然現實中是可能的，但作為電影的展開而言，這種構想可說非常無力。而現代小說因為不是非得在有限的時間內閱讀完，所以不會像電影那樣受限於這種原則，但即便如此，很多小說都希望能在一天結束之前，完結戲劇性的矛盾。

有個和我相識已久的年輕電影導演，經常把亞里斯多德的《詩學》文庫版放在口袋裡，有時間就拿出來看。因為書籍很薄，所以我想他再那樣讀下去，總有一天會把所有內容背下來，但是他說看著那本書，總會糾正自己創作的方向。例如「喜劇想模仿比現實中更低劣的惡人，悲劇總想模仿比現實中更好的好人」，這樣的句子至今仍然有效。如果要拍喜劇電影，就應該讓那些比普通人更低劣的人物登場，做出低劣的行為。亞里斯多德所說的「惡人」並不是指做壞事的人，而是指「做低劣事情的人」。同樣的，他所說的「好人」與其說是善良的人，不如說是比大多數觀眾具有更多優點的人。奧塞羅是功績卓絕的將軍，李爾王是受到大臣尊敬的國王，李舜臣是智謀和領導力兼備的海軍將領。伊底帕斯也是底比斯的國王，非常聰明。羅密歐和茱麗葉不僅是貴族子女，還投身於普通人從未夢想過的熱烈愛情中。

悲劇大部分都是比我們更好的人因內在性格的缺陷而毀滅的故事。相反的，喜劇是以平和的心態觀看比我們差的人做出滑稽的行動。因此如果要撰寫劇本，至少要決定自己寫的是悲劇還是喜劇，賦予登場人物相應的德性或缺陷。

亞里斯多德還表示「在悲劇中，最讓我們著迷的是轉折和發現」。他說，新手編劇「比起事件的組成，通常在對話和性格的描寫上更為成功」，這與他認為情節比性格評價更高的理論一致。他認為比起人物的性格，戲劇更重要的是「事件的組成」，即情節。而且他認為在情節中，重要的是創造讓故事完全不同的反轉，以及藉由該反轉，讓主角獲得全新的認知。

《伊底帕斯王》的反轉出現在查明犯人是國王自己的部分。在這部分中，國王發現了他的重大錯覺和傲慢，過去他認為自己是世界上最聰明、最了不起的人，相信只有別人會犯錯，自己絕對不可能犯罪。到了那時候，對伊底帕斯投入感情的觀眾，自然而然會將他的發現視為自己的發現。我們經常會認為自己對於自我和周圍發生的事情是最清楚的，但一旦發生某個事件，我們就會明白連自己是誰都不知道，遑論周圍。在發現事實的瞬間，李爾王感嘆道「誰能告訴我，我究竟是誰？」因為愚蠢的自己不能理解小女兒的真心，反而被其他女兒的撒嬌所蒙蔽而面臨滅亡的他，變得連自己是誰都不知道。《落日殺神》中的文森直到人生的最後一天才意識到，自己並不只是個冷血殺手。亞里斯多德早在兩千多年之前就知道這種「發現」的場面在悲劇中是絕對必須的，讓他明白這個真理的正是當時卓越的悲劇作家，例如索福克里斯和艾斯奇勒斯等人。

以為比觀眾更優秀的人物在發現自己愚昧、傲慢、無知的瞬間，會給人很大的宣泄感。古代希臘人喜歡用性格弱點（hamartia）這個詞，該詞意味著潛伏在人類性格中的重大弱點。最普通的性格弱點是hubris，即傲慢。在神的面前不懂得謙虛，認為自己很了不起的人，因為傲慢而滅亡的故事，從古代希臘的無數悲劇開始，中間經過莎士比亞傳承至今。馬克白因為相信自己才應該成為國王，亦即他因為不知分寸而流於傲慢，僅相信自己，殺死了來造訪的國王，後來因此死亡。《落日殺神》的文森大概做夢也沒想到，自己會因為平凡的計程車司機麥克斯而走向死亡。

前面提到的年輕電影導演曾表示，每次寫劇本的時候，都會努力不忘亞里斯多德和古希臘人在兩千四百年前發現的這些原則。多虧了那位導演，我也開始讀《詩學》，這個讀書的歷程日後對我寫的幾部小說產生了影響。二〇〇六年發表的《光之帝國》中，主角是一個被派往南韓的北韓間諜，但不知出於什麼原因被上級拋棄，靠自己的力量成為中產階級。這部小說和《伊底帕斯王》一樣，事情只在一天內發生，本以為過得很好的這個男人的生活，在一天之內完全崩潰。二〇一三年的作品《殺人者的記憶法》描述了一個從未被逮捕的年邁連續殺人犯的故事，他像李爾王一樣，落到連自己是誰都不知道的地步。年邁的連續殺人犯無比傲慢，認為自己是完美的存在，但事實是他連簡單的日常生活都無法完成。當然，我寫的小說無法與那些帶給我靈感的傑作相提並論，但除了我以外，全世界許多作家都經歷了相似的過程，寫出「看起來雖然新鮮，但實際上已經存在很久了」的作品。

悲劇的主角醒悟到自己的愚蠢時往往已經太遲，但讀者可以經由閱讀發現自我的無知和傲慢，所以不會經歷太大的危險。尤其是經典，為讀者準備了一些預想不到的事情，就像伊塔羅·卡爾維諾的定義。雖然沒有閱讀過，讀者卻認為自己都知道的傲慢，正與伊底帕斯虛無的自信相似，而且這種自滿只有經由閱讀才能得到矯正。

為什麼閱讀？世界上有很多答案，我也擁有幾種理由。但最重要的是，閱讀是為了對抗在我們內心深處生長的傲慢。我在讀荷馬的《奧德賽》和索福克里斯的《伊底帕斯王》時，發現了「雖然不知道，卻相信自己知道的傲慢」以及「相信我們從古代至今已獲得極大進步的自滿」。這樣的閱讀會動搖我們曾經堅信的東西，那麼，讀者可以說是想經由閱讀這一危險的行為動搖自己信念的人。美國評論家哈洛・卜倫（Harold Bloom）在《如何讀西方正典——盡得其妙》（*How to read and why*）的序言中曾如是說道：「閱讀會分裂自我，亦即絕大部分的自我會隨著閱讀散去，但這絕不是悲傷之事。」

第二天，讀讓我們瘋狂的書

閱讀小說，並不是指人類這種優越的存在，消費書籍這種大量產品的過程。所謂人類的故事，就是通過書籍這個小空隙，短暫連接圍繞自己的巨大世界以及永恆歲月的行為，所以人就是故事，故事就是宇宙，因為故事的世界是無限大的。

從前有個五十多歲的男人住在一個村莊裡，這個男人痴迷於噴火的龍和騎馬的騎士、美麗的貴婦以及黑魔法登場的小說。這個男人為了買書，連家產都揮霍殆盡，某一天，他為了成為騎士而出發遊歷天下。由於過於認真閱讀小說，他混淆了現實和故事情節，並將在路上遇到的所有現實，都轉換為他在書中讀到的內容。他以為揚起塵土奔來的羊群是軍隊，把鄉下姑娘視為貴婦，將風車看成是巨人。在幻想消失後，他仍然認為不是自己看錯了，而是魔法師施展魔法，把巨人變成風車，把貴婦變成了鄉村姑娘，把軍隊變成了羊群。

我們十分熟悉的這部小說，是由一位在戰爭中失去了一隻手臂，在回家的路上被土耳其軍隊俘虜，回國後因各種罪名和厄運經歷監獄生活的作家寫出來的，他的名字叫塞萬提斯，小說的名字是《唐吉訶德》。

唐吉訶德是一個很難定義的人物。他是個瘋子，但不是傻瓜；雖然知道的東西很多，但沒有什麼用處。他雖然崇尚正義、憎惡不義，但由於不知道如何解決眼前的不義，所以總是先衝上去再說。在唐吉訶德的各種特性中，為了正義無條件地衝上前去的這一點最為突出，因此唐吉訶德在後世總是被當作慣用的修飾語加以使用。「不要像唐吉訶德一樣胡鬧」或「唐吉訶德式」，這些話語顯然帶有貶抑的意味，因為是不分青紅皂白惹事的意思。但是我最感興趣的部分是對書痴迷、作為瘋狂讀者的唐吉訶德，那個「讀太多」、「太過相信」自己讀過的東西的唐吉訶德。

他因為太喜歡騎士小說，覺得小說很神奇，而且因為沉迷其中，為了買騎士小說，甚至把耕地都賣掉了，最終他的家裡幾乎擁有全世界的騎士小說。

結果那位老兄太沉迷於讀書，從黑夜到白天，又從白天到天黑，由於不睡覺只是一直看書，腦汁為之枯竭，最終瀕臨精神異常。他的頭腦裡充滿了從騎士小說中讀到的各種幻想、祕法、決鬥、戰鬥、傷痛、愛、侍奉貴婦的禮儀以及超乎想像的暴風雨或荒唐的故事，這些內容在他的想像中成為現實。於是，他相信自己讀過的著名騎士小說中那些如夢似幻的離奇故事，都是真實的情況。他認為**世界上沒有比騎士小說中的故事更加明確的現實了**，雖然西班牙征服時期最初的騎士熙德是非常優秀的騎士，但仍不能與《高盧的阿瑪迪斯》那輝煌的主角「火劍騎士」相提並論。……他完全陷入了瘋狂，終於產生這個世界上任何瘋子都從未想像過的怪異念頭。為了報效國家、樹立自己的名譽，他判斷自己有必要成為遊俠騎士，這也是美事一樁。

因此，唐吉訶德認為書中的故事比眼前所見的現實更加真實（「喜歡冒險的這個騎士老兄相信，無論是思考、想像或看到的事情，都會按照書本上所讀到的那樣發生」）。因此，他還就書中人物與現實中的人展開嚴肅的爭論。

他經常和村子裡的神父吵架，那個神父畢業於西古恩薩某個不怎麼樣的大學，學識很淵博，兩人經常爭論說誰是更偉大的騎士，是英國的巴爾梅林，還是高盧地方的阿瑪迪斯。但是同一個村落的理髮師尼古拉斯先生，則堅持說巴爾梅林和阿瑪迪斯兩人，誰也比不上太陽騎士。

塞萬提斯創造的這個唐吉訶德和他的朋友，可以說是我們生活的這個時代經常可見到的某種人的原型。我們早已知道，有很多人會對某人編造的故事過於投入，認為比現實更加真實，與現實中的人爭論誰更好、誰更強，甚至模仿劇中的人物。他們有時被稱為御宅族、角色扮演族、發燒友、狂熱粉絲等多種名字，但所有的原形其實都是從唐吉訶德開始的。因為在唐吉訶德之前，從沒有人認為故事中的幻想比現實更加重要。

美國哥倫比亞廣播公司（CBS）的人氣喜劇《宅男行不行》（*The Big Bang Theory*）中有個小插曲，有趣地呈現了唐吉訶德式的原形是如何傳承到現代的。該喜劇的主要人物李奧納德和謝爾頓是受僱於加州帕薩迪納市加州理工學院的物理學家，但他們更重要的特性就是御宅。因為他們是美國的物理學家，所以被歸類為技客（geek），但從電視劇中出現的情景來看，他們既是御宅族，同時也是技客。御宅族在收集方面很強，相反的，技客在特定領域具有強烈的知識熱情，但兩者在特性上相互重疊的部分更多。只要是關於特定領域的，無論是無形的資訊或有形的模型，他們都想加以收集，認為特定領域發生的事情比現實更加真實。

在第一季的第二集中，他們與住在隔壁的女侍佩妮在走廊上偶然遇見，展開了以漫畫和電影的主角超人為主題的對話。他們都是收藏《超人》全集的典型御宅族，後來才發現，他們對超人的力量從何而來的意見各不相同。他們對此展開了激烈的討論，彷彿超人是實際存在的人物。就超人拯救從天上掉落的蓮恩這一場面，他們爭吵不休，在討論中使用的語言，直接借用了科學家爭論時的用語。

李奧納德：等一下，你所有的主張都是基於超人會飛的能力來自力量的假設對吧？

謝爾頓：你知道自己在說什麼嗎？超人用力氣飛翔已經證明了，飛越各個高樓大廈之間的能力也是它的延伸，這個能力是從太陽獲得的。

霍華德：那他能在晚上飛來飛去又怎麼說？

謝爾頓：利用月球反射的太陽能，以及氪星人皮膚細胞的能量來儲存能力。

李奧納德：我有兩千六百本漫畫書，你要不要跟我打賭那裡面有沒有任何一處提到氪星人皮膚細胞？

謝爾頓：好啊！

當他們如此爭論的時候，住在隔壁的美女佩妮反而離開了。這些人雖然是優秀的理工男，但幾乎所有種類的漫畫都喜歡，不只是超人。只要舉行漫畫展，他們就會裝扮成自己喜歡的角色，就像戴著荒唐的頭盔去冒險的唐吉訶德，奔向活動現場。

唐吉訶德在冒險的旅途中，在莫雷納山中遇到了一個叫卡德尼奧的年輕人。卡德尼奧因被朋友搶走未婚妻，痛苦地在山中流浪，他向唐吉訶德和桑丘講述了自己心愛的姑娘盧辛達是多麼美麗的女人。唐吉訶德一直默默地聽著這個冗長的故事，但是在某個關鍵點，他突然對那個女人產生了興趣。

「……費南多總是想看我寫給露辛達的信和露辛達給我的回信，說是很喜歡我們兩人的文筆。露辛達很喜歡騎士小說，有一次，她向我借一本騎士小說，書名是《高盧的阿瑪迪斯》……」

唐吉訶德一聽他提到騎士小說，急忙說：「假如你一開始就提到尊貴的露辛達小姐喜歡讀騎士小說，不用你再誇，我就可以想像到她的高貴才智。如果她沒有如此雅興，我也不會相信她有你描述得那麼好。所以，在我面前，你不必使用很多語言向我說明她的美貌、品格和才智。只要知道她喜歡讀騎士小說，我就完全相信她是世界上最漂亮、最聰明的女人。但願閣下把《希臘的唐魯赫爾》那本好書連同《高盧的阿瑪迪斯》

一起借給她。我知道露辛達小姐一定會很喜歡達雷達和加拉亞小姐的故事。

在這樣的關鍵點上，唐吉訶德與《宅男行不行》中的謝爾頓和李奧納德等角色完全重疊。他們過於喜愛特定故事和角色，因此也以此為標準來為現實中的人分類。僅憑她是想閱讀《高盧的阿瑪迪斯》的姑娘，就可以認定她是「世界上最漂亮、最聰明的女人」。村上春樹的早期作品《挪威的森林》中也有類似的著名場面。

那時候，我身邊僅有一個人讀過《大亨小傳》，我和他要好起來也是出於這個原因。他姓永澤，是東京大學法學院的學生，比我高兩個年級。我們住同一棟宿舍，原本只是點頭之交，有一天，當我坐在餐廳朝陽的地方，一邊曬太陽一邊看著《大亨小傳》時，他走近我身邊坐下，問我讀什麼，我說讀《大亨小傳》。「有趣嗎？」他問道。我回答現在正在讀第三遍，讀的次數越多，越覺得有趣的部分層出不窮。

「讀過三遍《大亨小傳》的人，應該可以成為我的朋友。」他自言自語道。我們果真成了朋友，那是十月間的事。

永澤這個人，對他瞭解得越多，越覺得此君古怪。我在人生旅程中，曾經和相當多的怪人相遇、相識和相交，但遇到古怪如他的人，卻還是頭一遭。論讀書，我和他相比真可謂望塵莫及。他說：對死後不足三十年的作家，原則上是不屑一顧的，那種書不足為信。

「不是說我不相信現代文學，我只是不願意浪費時間閱讀尚未經過時間洗禮的書籍而已，人生苦短啊！」

「那麼你喜歡什麼樣的作家呢？」我問。

「巴爾扎克、但丁、約瑟夫．康拉德、狄更斯。」他當即回答。

「都不能說是有現代感的作家。」

「所以我才讀啊！如果讀的東西和別人一樣，思考方式也只能和別人相同。鄉巴佬才會那樣，有識之士不會做這種丟臉的事情。明白嗎？渡邊，這個宿舍裡，只有我和你才算是有識之士，其他的人都只是一群垃圾。」

「你怎麼知道？」我驚愕問道。

「我就是知道，就好像是掛在額頭上的招牌，一看就知道。而且只有我們兩個人讀《大亨小傳》。」

「讀過三遍《大亨小傳》的人，應該可以成為我的朋友。」雖然這句話充滿了輕率驕傲，但永澤這個學長也只是二十歲左右的大學生，還是挺符合那個年紀的行為的。永澤是另一個唐吉訶德，他就像唐吉訶德，判斷周圍人的標準是以他（她）喜歡什麼書而定。永澤是一個「論讀書，永遠無法和他相比的讀書狂」，但讀書的結果卻是只有讀過三次《大亨小傳》的人才能成為朋友，如此的狹隘聽來真是可笑。這種魯莽也讓人想起讀書狂唐吉訶德。

故事編造的幻想和眼前現實為之混淆的現象，是否只發生在男性身上？應該不是。如果追溯到十九世紀的法國，就能看到福樓拜（Gustave Flaubert）創造的名為愛瑪・包法利的有趣人物在等待著我們。農村富農盧奧的女兒愛瑪・包法利在修道院接受了教育。

對於鄉村的安靜生活，她太過熟悉，所以反而對波瀾壯闊的事物產生興趣。她愛大海，是因暴風而成其美好，但如果是草木，她只喜歡在廢墟中稀疏冒出時的情景。不管是什麼事，除非有所得益，否則都無法滿足她。因此她拒絕了感情上的需求，並認為只要不是能立刻獲得滿足，任何事物都屬無用。與其說她有藝術氣質，不如說她多愁善感，她不是在欣賞風景，而是從中尋找感動。

有一個老處女每個月都會來修道院一次，每次停留一個星期，負責修補內衣和床單。她出身貴族，但在大革命時期家道中落，因此受到大主教的庇護。她在餐廳裡和修女坐在同一張餐桌上吃飯，飯後在回去工作之前經常和她們閒聊一段時間。寄宿生總是離開自習室去找她。她會背幾首上個世紀的愛情歌曲，她一邊縫紉，一邊用低沉的嗓音吟唱這些歌曲。她講了很多故事，還告訴她們外面世界的消息，或者去村裡幫她們辦事，她總是把小說藏在圍裙的口袋裡，偷偷借給高年級學生。而且她自己也在工作到一段落後，忍不住讀上長長的一章。內容千篇一律都是：愛情，相愛的男女，被逼得在淒涼的亭子中暈倒的貴婦，每個驛站都遭到追殺的馬伕，每一頁都疲於奔命的馬匹，陰暗的森林，心靈的騷動，誓言，抽泣，淚水和親吻，月光下停泊的小船，森林中的夜鶯；書裡的紳士如獅子般勇猛，像羔羊一樣溫柔，擁有崇高的美德，總是衣冠楚楚，哭起來卻淚如泉湧。十五歲時，愛瑪有六個月的時間雙手總是沾滿出租舊書的灰塵，讀完華特．史考特（Walter Scott）後，她熱衷於歷史著作，憧憬著老櫃子、衛兵站、吟遊詩人等。她想活得像個老莊園裡穿著長裙的城主夫人，在拱門的三葉草花紋裝飾底下，將手臂靠在石頭上，雙手托住下巴，**凝視頭盔用白色羽毛裝飾的騎士，從草原的盡頭騎著黑馬奔馳而來，她只想過這樣的生活**。

唐吉訶德直到第一卷結束，還是沒能見到他一直崇拜的托博索的杜爾西內亞夫人。但是讀者都知道，杜爾西內亞夫人只是唐吉訶德在想像中創造出來的而已。唐吉訶德在準備好頭盔、甲冑和武器後，又定好符合騎士身分的新名字後，才明白自己漏掉了什麼。

擦拭好所有武器、修護好斷掉的頭盔、給坐騎起好名字，連自己的名字都定好了之後，剩下的就是尋找心愛的貴婦人。因為沒有心愛貴婦人的騎士，是沒有葉子和果實的樹、沒有靈魂的肉體。

唐吉訶德是①先讀書，②把自己想像成書中人物之後，③開始尋找該人物所需物品的人。愛瑪・包法利也很相似。她沉迷於在修道院偷偷閱讀羅曼史小說，希望過上那樣的生活。她憧憬的不是農村的陳腐生活，而是戲劇性的、華麗的生活。但這並不容易。

善良但愚鈍的丈夫夏爾．包法利回家後，晚飯吃了一大堆食物，然後坐在壁爐邊打瞌睡。

十六世紀的唐吉訶德騎著羅西南多去尋找貴婦人，十九世紀的愛瑪．包法利等待「頭盔用白色羽毛裝飾的騎士，從草原的盡頭騎著黑馬奔馳而來」。當然，雙方是不可能相遇的。在相當於《唐吉訶德》續集的第二卷中，唐吉訶德這個拉曼查的騎士再次冒險，在桑丘的帶領下，他前往尋找托博索的杜爾西內亞夫人。唐吉訶德曾經單戀過的這個美麗鄉村姑娘變成了「騎著農村毛驢來的農家女」，唐吉訶德開始否定現實。

此時，唐吉訶德已經跪在桑丘旁邊，瞪大眼睛，眼神朦朧，他望著那個桑丘稱呼為女王、小姐的女人，可她看起來只是一個村姑，而且長得也不那麼美，只是個有張圓臉的扁鼻姑娘，他幾乎無法開口，嚇得不知所措。

正如唐吉訶德最終見到的是扁鼻村姑，前來拜訪愛瑪．包法利的人自然也不會是騎馬的騎士。有一天，再平凡不過的愛瑪日常生活中，發生了一件大事。她收到丈夫治療過的安德維利埃侯爵的舞會邀請。愛瑪生平第一次與貴族共進晚餐，跳舞，睡在華麗的城堡裡。不，愛瑪一刻也未曾入眠。「為了讓立刻就會消失的奢華生活的幻影持續更久，她不睡覺，努力保持清醒。」即便如此，這個幻想也未能持續太久。就像唐吉訶德一到幻想破滅的瞬間，就強辯說是魔法師施展魔法，愛瑪．包法利也不接受再次出現在自己面前的陳舊現實。與此同時，她渴望再次回到那個華麗的世界，她心裡渴望回到「比現實更現實」的世界。

但是她的內心深處正等待著發生某種突發事件。她像遇難的船員，在生活的孤獨上投以絕望的目光，在遙遠水平線的霧中尋找未知的白色帆船。她不知道向她吹來的風是為何物，會帶她去到哪個海岸，那是小扁舟還是三層甲板的巨輪，裝滿船舷的是煩惱還是幸福。她每天早上一睜開眼睛，就會傾聽所有聲音，希望當天會發生那件事情，有時她會離開座位，猛然站起來，有時也會對沒有發生任何事情感到驚訝。太陽下山，她的心裡總是更加悲傷，只是希望明天能趕快到來。

最終愛瑪開始了她夢寐以求的危險戀愛，但結局自然不好。愛瑪認為他們是騎馬的騎士，但對他們來說，愛瑪只不過是個年輕漂亮的婦人。承諾「為了愛情一起逃走」的羅道夫，在前一天寫信取消了所有計畫。唐吉訶德也認為在冒險路上遇到的一切都是騎士小說的一部分，但對於其他人來說，唐吉訶德只是精神有些異常的瘋子而已。有時人們會配合愛瑪．包法利和唐吉訶德，但那不會持續太久。

難道書籍真的破壞了唐吉訶德和愛瑪．包法利的精神狀態？至少唐吉訶德的家人和鄰居都這麼相信。唐吉訶德的外甥女在面對半死不活歸來的舅舅時，對理髮師說道：

「我的舅舅曾經連續兩天不分晝夜地閱讀那本該死的冒險小說，然後把書一丟，握著假刀，朝四周的牆壁亂砍，如果累了，他就會說自己殺死了四名高塔一樣的巨人。而且看到累極後流出的汗水，他就會說是決鬥中受傷流下的鮮血。在喝完整個大水桶裡的涼水，恢復正常、鎮定下來以後，他就會說這水是那位了不起的魔法師，也是他的朋友，名字叫什麼埃斯奇芬的智者打來的珍貴生命之水。但是這所有的一切都怪我失察，沒能提前向兩位說明舅舅瘋狂的情況。在事情發展到如此嚴重之前，應該將他的病治好，把這些魔鬼般的書都燒掉……這些書也太多了，應該像燒死異教徒那樣把這些書丟進火坑裡……」

「我也是這麼說的。」神父說道：「真的，這些書在被別人發現之前，應該儘快燒掉。如果有其他人讀完這些書後，發生和我們這個朋友一樣不幸的事情，那就糟糕了。」

但是，塞萬提斯卻在後面加上了有趣的諷刺。為了燒毀唐吉訶德的書而聚在一起的神父和理髮師逐一研究小說，並遇到了困難。他們一直嚷嚷著騎士小說和冒險小說都是垃圾，是讓正常人發瘋的毒藥，但出乎意料的是，他們讀了很多這類的書，並可發現他們連小說的來歷都很清楚。

「神父，請收下這個。把它撒在房間的每個角落，把書上沾著的眾多妖魔趕走。如果不能按照我們的意願趕走這些妖魔，反而被這些妖魔抓住，我們就完蛋了。」

聽到女管家單純的話，神父笑著叫理髮師把書一本一本遞給他。這是因為想先知道其內容，看看有沒有可以不用丟進火裡的書。

「不行，全部都得燒掉，」外甥女說：「連一本都沒有必要留下，所有的書都把舅舅給逼瘋了，都扔到窗外的院子裡去吧，一本一本堆起來點火比較好。不，要不拿去後院點火……免得煙太嗆人。」

女管家也同意這種說法，這兩個女人的想法是應該將那些無罪的書也燒掉。但是神父的想法不同，他認為至少應該先看一下這些小說的書名。理髮師尼古拉斯最先遞到神父手上的書是《高盧的阿瑪迪斯》，神父說道：

「這本書真的很神奇啊，我聽說這本書是第一本在西班牙印刷的騎士小說，後來所有其他騎士小說都模仿這本書，並創造了許多關於阿瑪迪斯的故事。造成這種不良風潮的真凶就是這本書，所以當然應該燒掉。」

「不行，神父。」理髮師說：「我也是這麼聽說的，但在所謂騎士小說的書中，這本書是最棒的。所以，在這些書中，唯一要留下的就是這本。」

「確實如此。」神父說：「那麼這本書就先保留吧，我來看看旁邊另一本。」

他們在唐吉訶德收藏的書籍中，行使著與當時席捲西班牙的宗教審判相似的程序。諸如「應該殺死、消滅」、「異教徒」、「魔鬼」、「火刑」等，顯然都是源於此。但是，他們對每本書說三道四，其實與《宅男行不行》中謝爾頓和李奧納德對漫威漫畫的評論大同小異。應當代替上帝守護道德的神父，實際上是不亞於唐吉訶德的騎士小說忠實讀者。

神父聲稱，就算是自己的父親扮成遊俠騎士，也要一起燒掉，然而他對《奧利班特．德勞拉》一書的作者似乎很熟識，他說道：「這本書的作者還寫了《花田》一書」，對《伊爾卡尼亞的弗洛里莫特》一書，他問道：「這兒還有弗洛里莫特騎士啊？」他評價道：「如果是他的故事，馬上丟到院子裡。雖然他身世離奇，經歷奇特，但文體枯燥乏味，是一本很差勁的書。」對於《騎士寶鑑》一書，他可以流利地背誦出其淵源：「啊，我太瞭解了。雷納洛斯．德蒙達班和他的盜賊同夥以及朋友，還有十二位英雄以及真正的歷史學家杜爾平一起發生的故事。老實說，我認為該判這些傢伙終身流放。雖然來自馬特奧．博亞爾多這位著名作家的部分內容創意比較突出，而且我們的詩人盧多維科．阿里奧斯托也曾從這本書中獲得寫作靈感。」對於《唐貝利阿尼斯》，他評價第二、三、四部對讀者來說有火氣太旺的問題，他甚至提示了情節的改善方向。當理髮師讓他看《著名的白騎士迪蘭特》，神父開始激動起來。

「天啊！」神父大聲喊道：「這裡竟然有白騎士迪蘭特！給我看看。我的朋友，這是我讀過非常有意思的書，有一段時間還迷上了這本書。勇敢的騎士吉利雷森．德蒙達班，他的弟弟托馬斯．德蒙達班和騎士馮塞卡。裡頭還有知名騎士迪蘭特與惡犬搏鬥，有個姑娘口才絕妙，她叫『歡樂姑娘』，這個名字非常特別；而寡婦『嫻靜夫人』的談情說愛和招搖撞騙也很有趣。還有王后愛上自己的僕人伊波利托的故事。說真的，我的朋友，這本書才是世上寫得最好的書。也就是說，這本書中的騎士會吃飯、睡覺、死亡，死前會留下遺言，所有的一切都跟普通人沒有兩樣，這與許多騎士小說中出現的荒唐故事不同。」

看得出來，這個身為道德守護者的神父，顯然是個不亞於唐吉訶德的騎士小說迷。流浪中的唐吉訶德經歷過很多次類似的事情，人們一旦察覺到唐吉訶德的瘋狂行為是以何種文本為基礎，就會立即順著此文本演戲。亦即我們可推斷普通人對騎士小說的語法和文體非常熟悉，如果不是有沒那麼瘋狂的讀者的支持，唐吉訶德的瘋狂行為是不可能發生的。他們可能認為自己在演戲，但從閱讀騎士小說、模仿劇中人物這一點來看，他們可以說是小唐吉訶德。

因此唐吉訶德並不是一個非常例外的瘋子，相反的，讀書時的我們，在某種程度上成為唐吉訶德，成為愛瑪．包法利，成為永澤。唐吉訶德的外甥女在某種層面上正確掌握了讀書的本質。讀完「該死的冒險小說」後，她的舅舅顯然發生了變化。他興奮過度，語氣改變，開始像劇中人物一樣行動。但是她不知道那是很自然的。書籍也許比我們想像的要更可怕也未可知，它會感染人類，改變行為，破壞理性。書籍在書店裡很容易買到，在圖書館裡可以免費借到，所以看起來像是無關緊要的東西。但是人們相信，有些書蘊含著咒術的力量，因此書籍在很多地方被禁止、被燒毀、被指責。

有些書很明顯地會讓我們瘋狂，就像上癮的毒品一樣起作用。高中時期，我像愛瑪．

包法利一樣迷上了小說。炎熱的夏天，距離人學考試僅剩半年時間，我卻無法從放在膝蓋上的小說移開視線。因為這些書是從租書店借來的，所以封面都殘破不堪，紙張也變成黃色，但那些都無所謂。崔仁浩的《地球人》和全相國的《偶像的眼淚》等小說，從我的膝蓋出發，繞著我們班轉了一圈。有些書使我興奮不已，所以無法停止閱讀，我會去找那位作家的另一本書，如果沒有的話，我就去尋找相同類型的書，如果那樣也不行，就隨便讀任何一本書。我沉迷於推理小說時，幾乎把福爾摩斯和怪盜羅蘋登場的所有書都讀完了，金庸的武俠小說流行時，為了讀他的代表作《英雄門》[2]，我就像唐吉訶德一樣熬夜閱讀。還有，我偶爾也會認真思考，從人類的手中，真的能拍出去掌風嗎？我也曾用力伸出雙手，觀察是否有一絲微風。

進入大學後，這種症狀也沒有改變。一九八〇年代的大學，準備好一張我從未看過的圖書清單，並且等候著我。包括為了俄羅斯革命犧牲自己的母親、為了反政府抗爭穿

2 這是韓國將「射鵰三部曲」集結後出版的譯名。

著傳統服飾、製作印刷傳單的越南女學生、衝破鎮壓準備罷工的工人等。如果說愛瑪．包法利被「愛情，相愛的男女，被逼得在淒涼的亭子中暈倒的貴婦，每個驛站都遭到追殺的馬伕，每一頁都疲於奔命的馬匹，陰暗的森林，心靈的騷動，誓言，抽泣，淚水和親吻，月光下停泊的小船，森林中的夜鶯；書裡的紳士如獅子般勇猛，像羔羊一樣溫柔，擁有崇高的美德，總是衣冠楚楚，哭起來卻淚如泉湧」等詞彙眩惑，當時的我沉浸在「革命、紅髮帶、工人高舉的粗壯手臂、鼓勵兒子奔赴前線的母親、為革命家男友默默奉獻的女性」等感傷的畫面中。書中的舉事領袖和革命家無一例外地都擁有非凡的形象。

我當然也想成為那樣的人。我把自己裝扮成書中的人物，比唐吉訶德將自己裝扮成騎士還要簡單。頭上圍著紅帶子，用毛巾或口罩捂住嘴巴，一手拿著鐵管走出校門口就行了。正如唐吉訶德遭受了各種苦難，我也經歷過幾次危機。我曾在現場被便衣警察逮捕，左腳被催淚彈擊中，打了一個月石膏，還被鎮暴警察投擲的立牌擊中頭部，送到醫院。

大學畢業之前，我有機會和同校的學生一起去中國訪問。當時中國和韓國還沒有外交關係，再加上是在天安門事件之後，旅行的氣氛非常森嚴。因為一起前往的學生大多是所謂「學生運動圈」中的人，所以我們對於去社會主義中國的心臟地帶旅行感到非常興奮。訪問北京清華大學時，擔任企管系學生會長的學弟和我先行脫隊，在清華大學校園漫步時，和一名男生搭話。我們介紹自己來自韓國，問他能不能去宿舍聊聊天，那名學生欣然答應。

當時正值天安門事件之後，所以全世界都在關注社會主義中國之後會如何行動。我們期待能從那個學生那裡聽到對天安門事件的真實意見，以及對社會主義中國的堅定信念之類的。但是進入那個學生宿舍房間的瞬間，我們嚇了一跳。牆上掛著巨大的美國地圖，書架上有幾本準備托福考試的書。那個學生沒有提到任何關於政治的話題，只是反覆強調自己的夢想是去美國留學。我們在書中讀到的那種充滿社會主義的中國以及具有革命精神的年輕人完全不存在，但我們卻像唐吉訶德一樣否認眼前的現實。這一定有什麼不對勁，那個學生是個特殊的例外。毛澤東建設的社會主義中國菁英份子竟然會羨慕美帝國主義？不可能。

三十年後的今天回想起來，那時看到的才是當時中國的正確現實。中國已經朝著資本主義邁出了一大步，年輕菁英求學的目的是為了去美國留學，把個人成功當作最高目標。用共產主義信念破壞孔子墳墓的紅衛兵，就像為拯救公主而與龍搏鬥的騎士，與時代背道而馳，期待這些的學弟和我，則不折不扣地是唐吉訶德和桑丘。

是否只有關於中國才存在這樣的錯誤？不是的，這種事情十分頻繁。例如，我的戀愛也是經由書本學習到，而且主要還是小說，所以戀愛總是不順利。小說中戀愛的問題是話太多。小說在特性上需要用語言說明一切，因此主角的心理是用臺詞和提問來表現。有人告訴我，在接吻之前，要先問「我可以吻你嗎？」這句話自然是小說的內容，而且那是錯誤的，於是我變成一個笑話。小說中女性的心理描寫得多麼詳細啊，但現實中的女性與小說不同，不會把自己的內心寫成文章讀出來。她們的內心就像無法解讀的古代文件，而且小說中經常出現的戲劇性事件，在現實中幾乎沒有發生過。那時的我又是另一個愛瑪．包法利。

小說確實向我們展示了非現實的另一個世界，因為那些都太有說服力，太過生動，所以很多時候我們都相信那些比現實更現實。《大腦會說故事》（*The Storytelling Animal*）的作者喬納森．哥德夏（Jonathan Gottschall）這樣說道：故事毫無力量？你對這個世界的瞭解幾乎都是從故事中得到的。我同意他的意見。在二〇一四年四月十六日世越號船難之前，我覺得自己對沉沒的遊輪很瞭解。但仔細想想，我所瞭解的只是在電影《鐵達尼號》和《海神號》中看到的。慢慢傾斜的巨大豪華客輪、犧牲的船員、數十艘救生艇、穿過黑暗在天際升起的照明彈、在冰冷的水中守護戀人的英雄男主角、翻覆船隻底部的氣囊等等。是的，正如我們所有人所目睹的那樣，現實完全與此不同。

有時我覺得自己對宇宙的無重力狀態也很瞭解（或許是受電影《地心引力》影響）；覺得自己對哥倫比亞長久的內戰也充分瞭解（這應該是受益於馬奎斯的《百年孤寂》）。

對於十八世紀英國上流階層的戀愛和結婚，我覺得自己比任何人都精通（珍・奧斯丁的影響）。對於如果傳染病在一個城市蔓延，會發生什麼事情，我也似乎非常瞭解，因為我曾讀過卡繆（Albert Camus）的《瘟疫》和薩拉馬戈（Jose Saramago）的《盲目》。

據說，對於「外星人是長什麼樣子」的提問，大部分美國人都很有自信地回答。但是他們畫的外星人只不過都像電影中的角色而已。儘管如此，美國人還是確信知道外星人的樣子。這種確信才是唐吉訶德式的。出於親身經歷而理解的世界，或者經由閱讀真實描述一切的理論或說明書來理解的世界，真的是很小的一部分，從「知」和「無知」的觀點冷靜思考的話，我們和唐吉訶德並沒有太大的區別。他用他讀過的小說的世界觀去理解世界，並希望按照這個原則行動，於是他多次遭難也是理所當然的結果。經由有時否定現實、有時「精神勝利」的辯證法，他漸次成長為與流浪之前不同的人。

唐吉訶德在經歷幻想和現實的嚴重落差後，歷經千辛萬苦活著回來，但愛瑪・包法利和他不同，她選擇自殺身亡。她直到最後一刻仍堅持自己內心的幻想，在此關鍵點上，法國哲學家儒勒・德・高提耶（Jules de Gaultier）命名的「包法利現象」（Bovarysme），即「將自我想像成不同樣子的能力」支配著愛瑪。身為鄉村醫生的妻子，她拒絕平凡地生活和死去。福樓拜把金錢和債券這兩個與幻想截然相反的沉重鐘擺，掛在愛瑪・包法利身上。她華麗的生活，無盡的戀愛是不可能持續的，因為有許多債權人。愛瑪在修道院讀過的浪漫小說，其中一部分在她的人生中重現。她經歷了「黑暗的森林、心靈的混亂、誓言、哭泣、眼淚和親吻」。但對女性殘酷的十九世紀資本主義，不允許她像唐吉訶德一樣回歸現實，她執著追求書中幻想的代價就是死亡。

那麼《唐吉訶德》和《包法利夫人》這兩部作品是在警告小說或故事是危險的嗎？也許是如此也未可知。根據腦科學家最近的研究，我們人類的大腦分不清現實和幻想。有些現實被記成模糊的夢境，有些故事卻像親身經歷過一樣生動。有些夢境和故事相似，但夢境不會持續下去，此點與故事不同，因為今天不能確實延續昨天做過的夢。但是小說可以像夢境一樣生動，還可一直延續著。這是發生在我小時候的事。我在地板上看書，母親正在廚房做飯。我不記得讀的是什麼書，但我完全沉迷在這本書的內容中。可能是成為孤兒的孩子經歷著各種考驗，也有可能是漂流到無人島的少年為了生存而奮鬥。總之，翻開書本的那一瞬間，我就被吸進與「此時此地」完全不同的世界，感覺就像某種魔法，至今仍讓我記憶猶新。那時母親吩咐我去做什麼事情，我對於傳進這個有趣世界的現實世界的聲音，即母親的聲音，感到陌生和不快，感覺好像是我珍貴的個人世界受到了侵害。

我闔上書，起身走近母親。母親好像讓我去買蔬菜還是豆腐，但令我驚訝的是，母親完全沒有看出我剛才經歷的事情。她似乎完全不知道我在什麼樣的世界裡，遇到哪些人，感受到怎樣的激烈感情。對她來說，我只是一個翻來覆去躺著看小說的孩子。我按照母親的吩咐，去店裡買回食材，然後又回到剛才讀的那本書裡。一打開摺疊的書頁，我又得以從豆芽和豆腐的世界跳到了那個奇怪的世界。我忘記了一切，開始瘋狂地看起書來。那一瞬間的我正經歷著法國作家丹尼爾・佩納克（Daniel Pennac）在《像小說一樣》（*Comme un roman*）中提到的另一種方式的「包法利現象」。如果說儒勒・德・高提耶的「包法利現象」是著眼於愛瑪的症狀，那麼丹尼爾・佩納克的「包法利現象」則與讀者的精神有關。根據他的說法，「所謂『包法利現象』無異於『只有感官的絕對、即時的滿足感』。亦即當想像達到極致，全部的神經顫抖，心臟發熱，腎上腺素大量噴發，被完全同化到主角的世界裡，令人啼笑皆非，就連大腦也（暫時）對於日常生活和小說世界混淆」的現象，亦即小說讀者所經歷的精神變化。我在那一瞬間經歷的事情，並不是我一個人的獨特經歷，而是愛瑪・包法利之後無數讀者所經歷之事的再現。

從那以後我也讀了很多書，經由讀書認識了數不清的人物，遊歷了世界無數城市，涉入一生從未經歷過的事件。那些記憶和經驗原封不動地留在我的心裡，而那個世界比我親身經歷的現實更大、更豐富。這個世界都是假的嗎？不可能，書籍都連結在一起，在我個人的精神內在以獨特的方式構建著獨一無二的世界。人們經常警告說不要陷入幻想，錯看現實。但是，從何處到何處是幻想，從何處到何處是現實呢？人類能分清楚嗎？

相反的，過於執著於現實，無視於自己內心的精神現實，這難道不是問題嗎？

《唐吉訶德》和《包法利夫人》這兩部作品，並非因為給我們帶來某種教訓才擁有價值。愚蠢的瘋子唐吉訶德和用瘋狂的愛情毀滅自己的愛瑪．包法利，雖然是塞萬提斯和福樓拜創造的人物，但從他們身上我們發現了自己的樣子。我們希望故事中的世界繼續下去，希望自己留在其中。因此，我們被那些人物所吸引，不知不覺地翻過書頁，跟在他們後面。在此期間，他們滲透到我們的意識中，把我們的一部分變成唐吉訶德和愛瑪．包法利。換句話說，我們閱讀的小說變成我們的一部分，讀完的小說再也離不開我們自身。永澤說讀過三次《大亨小傳》的人就可以成為他的朋友，這話從這個角度來看是有道理的。因為讀過同一本書，意味著兩人的自我中明顯存在共同的部分。

同時，小說也經由我們不斷繁衍。如此，故事和人類融為一體，故事的宇宙也得以無限擴張。有一段時間，我認為人類是故事的宿主。因為我相信故事會像遺傳基因，以人類為載體，傳承到下一代。但我現在的想法有所改變。如果說人類認為自己知道的這世界大部分事情，都是從故事中學到的，並據此來解釋世界，且按照解釋行事，那麼那樣的人究竟是什麼呢？

是的，人本身就是故事。

唐吉訶德和愛瑪·包法利雖然不是現實中的人，但是比起金英夏這個生物學上的存在會活更長時間，未來也會不斷繁衍。閱讀小說，並不是指人類這種優越的存在，消費書籍這種大量產品的過程。所謂人類的故事，就是通過書籍這個小空隙，短暫連接圍繞自己的巨大世界以及永恆歲月的行為，所以人就是故事，故事就是宇宙，因為故事的世界是無限大的。

第三天，讀　書裡沒有路

閱讀小說不是為了得到任何主題和教訓，也不是為了到達「隱藏的中心部分」。……那麼我們閱讀小說的真正原因為何？那應該就是為了遊蕩，目的實際上是為了在沒有任何意義的奇怪世界中遊蕩。

有一句慣用句是「書裡有路」。這句慣用句或許是在道路罕見的時期創造的也未可知。雖然現在也是如此，過去有很多「開路」、「造橋」的選舉政見。雖然道路很方便，但開路是需要很多錢的重大事情，所以把書比喻為道路，可能包含著可以相對便宜地購買到貴重物品的含義。實際上，作為讀者，我們大部分都曾從書中尋找過那些無法解決之問題的解答。

但是現在是道路太多的時代，我們反而必須費盡心力在各道路中選擇一條。每輛汽車上安裝的衛星導航和智慧型手機的地圖可以代替其作用。在這樣的時代，「書裡有路」聽來似乎不像從前那麼高尚，也許會有「路？好吧，應該有吧。所以呢？」的感覺。

時代變化是如此，但小說中是否有路？這個問題回答起來有些困難。小說與其他書籍不同，要麼是看不清楚道路，要麼是看得到但道路太多，可以說與「痛快的解決方案之路」相去甚遠。正如我們所熟知的，愛瑪．包法利和唐吉訶德也是小說的忠實讀者，他們相信在小說中發現了道路。愛瑪．包法利在浪漫愛情小說中，發現了從自己生活的枯燥農村，連接到每天都會舉行華麗宴會的宮廷這條路。唐吉訶德也踏上了不合時宜的騎士小說引導的道路。在路上，有著一位風車模樣的巨人，和一位搖身一變成為鄉村姑娘的公主在等待著他。他們發現的道路將他們拉進試煉之中。

法蘭茲・卡夫卡（Franz Kafka）的《城堡》正是在質疑這條「道路」的存在。土地測量員K受到城主伯爵的邀請，前往城堡。小說是這樣開始的：

> K是在深夜到達的。村子深陷在雪裡，城堡所在的山上被濃霧和黑暗包圍，完全看不見，就連能分辨出有巨大城堡的微弱燈光也看不見。K站在大路通往村莊的木橋上，對著看似什麼都不存在的虛空凝視了好久。

K在路上。村落被雪掩蓋，看不到目的地城堡。他為了尋找住處進入旅館，卻在那裡聽到一個「城堡執事的兒子」說奇怪的話。

「這個村莊歸城堡管轄，在這裡生活或住宿的人，就像是居住在城堡內。無論是誰，都必須得到伯爵的許可才能住宿。但是你沒有許可證，或者你至少沒有出示。」

我們的K問道：

「我好像走錯路了，這裡是哪個村莊？這裡是城堡嗎？」

「當然。」……「這裡是伯爵的城堡。」

土地測量員K分明朝城堡走去，該城因濃霧和黑暗而處於看不見的狀態，原來他已經進入了城內。儘管如此，第二天早上K為了見伯爵，還是去了城堡。已經在城裡了，卻要去尋找城堡，真奇怪。在路上遇到的一位先生問他：「您是在觀賞城堡嗎？」K第一次來到這裡，昨晚才到達，先生再次問他：「你不喜歡這座城堡嗎？」這讓Ｋ相當困惑。這和我詢問百貨公司的店員這裡有什麼東西時，店員反問：「為什麼？你不喜歡這個東西嗎？」的情況相似。

> 他又往前走，但道路卻延伸得極長。這條道路，即村莊的大道，沒有連結到城堡所在的山上。感覺好像十分靠近那座城堡，卻故意彎曲，既不是遠離城堡，也並非接近城堡。Ｋ一直期待這條路最終能進入城堡。

對於唐吉訶德和愛瑪·包法利而言是如此明確的道路，但對於土地測量員Ｋ來說卻是未知數。道路雖然不斷出現，但沒有什麼意義。因為這條路「感覺好像十分靠近那座城堡，卻故意彎曲」。小說讀者所處的情況與此相似。翻開小說的第一頁，我們會期待某種「道路」。我們想找到一條路，引導我們到那個有確實感悟和快樂的地方。書裡有目錄和頁數，道路看來顯而易見。但是讀者將會面臨與土地測量員Ｋ相同的困境。我們雖已進入小說，但似乎覺得還沒有真正到達某個地方，心想一定有需要去的地方，所以我們翻過一頁又一頁的書。小說向我們提問，正如同路上遇到的先生問Ｋ一樣。

「在讀小說嗎？」

「是的，我才剛開始讀。」

「喜歡這本小說嗎？」

我們在還不知道是什麼故事的狀態下，就被要求對這部小說作出某種判斷，我們在沒有任何資訊的情況下，必須決定是否喜歡。因為如果小說不怎麼樣，就會想立即停止讀下去。但是有些小說從一開始就抓住了我們的心。雖然剛開始閱讀，但已經非常喜愛。這樣的問題在我們持續閱讀的過程中反覆出現。

讀書是非常主動的事情。①用眼睛讀字，用手翻書；②掌握「現在正發生什麼事」；③同時預測「未來會發生什麼事」。如果書籍再翻過幾頁，這個預測就會得到驗證。有時對有時錯，猜對的時候心情也許會很好，猜錯的時候，也許像是被擊中要害，但也因此更加有趣。不管對錯，我們都會繼續預測，然後為了確認該預測是否正確而繼續翻閱書籍。有時雖然希望不假思索地沉溺於書本之中，但如此的被動並不容易。我們的大腦在不停地活動，想像著下一個句子、下一個事件和最終的結局。我們無法停止這樣的行為。「他曾經愛過妻子，但是在宴會上看到穿著美麗黑色禮服的珍……」即使只讀到這裡，我們的大腦也會開始想像接下來發生的事件。「很久很久以前，在某個王國……」只要看到這些，我們就可以預想到會出現公主、王子、國王或王妃。

以推理小說而言，因為對結局非常好奇，所以讀者想知道犯人是誰，或者這個事件到底為什麼發生，根據各種假設進行推理，循著作家鋪陳的故事情節而去。如果像讀者預期的情況發展，則會很無趣，但如果結局是任何人都無法預料的，那也會令人難堪。例如，作品中只出現三名嫌犯，如果最終才知道是從未出現的某個瘋子殺了人，則讀者一定會十分光火。在規定的界限中，作家和讀者展開頭腦競賽。在現實中，如果自我預測正確時，雖然會感到高興，但在故事的世界裡，巧妙地避開讀者的預測時，會有相當大的快感。主要情節的發展固然如此，但如果每個句子的連接、事件的排列順序等等，都太符合讀者的預測，那就沒意思了。如果一切按照可預想的情況進行，讀者就會放鬆。反之，故事和句子朝著意想不到的方向發展，則會令讀者非常緊張。

有才華的作家會以作品開始的第一句話吸引讀者進入故事當中。我讀到朴玟圭的《Castella》第一個句子，是在我擔任某報社舉辦的新春文藝初審的時候。逐一評選堆積如山的投稿作品，真是件既痛苦又乏味的事情。因此，用第一個句子抓住評審委員的視線是非常重要的。《Castella》的第一句是這樣寫的。

> 這冰箱的前世一定是足球流氓。

小說的開頭很少出現冰箱，更何況接下來的單詞是「前世」、「足球流氓」，更讓人覺得莫名其妙。但正因為如此，讓人不知不覺對接下來的故事感到好奇。

今天，媽媽死了，也許是昨天，我不能確定。

這是卡繆（Albert Camus）《異鄉人》的著名開頭。母親死了是人生當中非常重要的事件，因此，讀者期待在「今天媽媽死了」之後，會接著說出莫大的悲傷、悲嘆、罪惡意識等內容的句子。但卡繆立即連接「不，也許是昨天，我不能確定。」的句子，背叛了讀者的期待。主角似乎是不知道母親什麼時候去世或不甚關心的人，因為無論是今天或昨天都不是很難記住的過去。

幾年前，我去一個地方舉行的國際電影節擔任評審，和我一起評審的是一位頗有名氣的電影導演。有一天，那位導演問我，觀眾會以批評的態度對待電影導演，讀者是否也對小說家如此。看完電影出來後去廁所的話，就立刻能聽到對電影和製作電影的導演、演員的批判聲音，還有很多人說這種話的時候非常不客氣，但是他很少看到讀者會對小說家表現出如此憤怒的反應。我向那位導演如此解釋：

「無論小說還是電影，都要看到最後才能做出完整的反應，但小說與電影不同，很少有人會持續看到最後，如果持續看到最後，那是因為喜歡作品的某些方面。如果讀者不能理解登場人物，不能將感情投入其中，就很難將小說讀完。所以，如果讀完任何一部小說，就意味著有能夠抓住讀者內心的最起碼的東西，無論那是什麼。如果對某本小說感到失望，就會馬上把它扔掉，忘記那個作品或閉口不談。

可是電影呢？人們會因為看了預告或演員採訪而去看電影。有時也許是電影院裡只有這些電影能看，所以會勉強自己去看那些電影。在看電影的期間，即便對內容不滿意，但不大可能立刻奪門而出，特別是有同伴的情況下，會更加困難。因此，在廁所裡，有人會辱罵自己不滿意的電影和導演。可能是因為被欺騙的感覺，以及被強行要求觀賞的不快感。」

如果書不夠有趣，我們就會把書本闔起來，決意不再看它。這麼做也可以，不會有人說什麼。電影上映途中起身離去的話，會妨礙到別人，不得不顧慮別人的想法。但是書是一個人讀的，所以暫時闔上書頁也不會發生任何問題。讀書的每一瞬間，我們都在做決定。說要再讀一下、再讀一下、再讀一下、再讀一下，這樣就會把整本書看完。讀完一本書其實是一件了不起的事，因為要克服無數次不想再讀了的誘惑。

不管經歷什麼困難，一旦讀完一本小說，即使不至於對作家產生好感，也會產生某種親近的感覺。雖然這假設有點極端，但如果有一本賣不出去的書，而且讀者只有一個人，這種情況下，這位孤獨的讀者也可以推斷出還有另外一個讀完這本書的人，那就是作者。如果想談論這本書，可以去找作者，而且這兩人很快就能獲得共鳴。

對於測量員 K 來說，「城堡」是明確的目標。雖然有時近得看似觸手可及，但這種預測很快就證明是錯誤的。看似連結到城堡的道路也「好像故意彎曲」。儘管如此，K「一直期待這條路最終能進入城堡。」讀者在翻開小說的第一頁時，也在尋找「路」。

期待找出這部小說是什麼樣的小說，作家想說的話是什麼。奧罕・帕慕克（Ferit Orhan Pamuk）在哈佛大學的一次演講中，曾把小說讀者經歷的這段旅程描述為尋找「中心」的過程。

帕慕克認為，小說裡有隱藏的中心部分，正因如此，讀者像敏銳的獵人一樣觀察小說中的所有要素，這觀點很優秀。現實中的自然並不具有意義。江邊的楊樹和柳樹只是存在於該處，但如果經由小說主角的眼睛呈現，則具有完全不同的意義。讀者相信其背後隱藏著意義，因此不會隨便放過。

夢想著浪漫愛情的愛瑪・包法利被一個叫羅道夫的男子所迷惑，一起去騎馬。兩個人騎著馬進入人跡罕至的樹林。騎馬奔跑時，愛瑪眼中看到的風景如下：

路邊經常有叢生的蕨類被愛瑪的馬鐙鉤住，羅道夫騎著馬，但每次都會彎下身去摘下蕨類。有時為了撥開樹枝，會從她身旁經過，愛瑪感覺到他的膝蓋已觸及自己的腿。

天空蔚藍，樹葉一動也不動。那裡有多處寬闊的空地，滿是盛開的歐石南。一片片紫羅蘭和一簇簇樹叢交錯出現。樹木根據樹葉的種類，可分為灰色、棕色、金色等。偶爾能聽到樹叢下鳥兒輕輕拍動翅膀的聲音，或者從橡樹林中飛來的烏鴉輕嫩但嘶啞的啼聲。

讀者開始預測愛瑪和羅道夫之間會發生什麼事情。愛瑪終於遇見了夢寐以求的戀愛對象嗎？如果讀者只關心事件的發展，就會厭煩為什麼會出現蕨類、紫羅蘭，甚至烏鴉的啼聲。但如果是細心的讀者，尤其是讀過兩、三次該小說的讀者，也許會好奇福樓拜為何將這些因素納入小說中，而不是展開故事情節。據悉，福樓拜是個對每一個單詞都傾注極多心血的作家，而且許多記錄都能證明，這本小說是經由無數次的修改才完成的。因此，他並不是單純地喜歡花、烏鴉、橡樹，或只是為了多拿到一點稿費而加進這部分。以帕慕克的話來說，「尋找中心部分的讀者」絕不會忽視任何東西。尤其因為這是愛瑪第一次與外面的男人出軌的場面，所以是小說中非常重要的部分。福樓拜似乎是預見到日後即將登場的電影時代，在該小說中，到處都使用了讓人聯想起攝影機角度的技巧。我第一次讀這本小說的時候，最驚訝的就是這個部分，我剛才舉的例子，就是作家有意識地透過視角的移動，向讀者暗示主角的內心。

愛瑪還在馬上，挺直著腰身騎馬。她握著繮繩，亦即她仍然保持對生命的控制權。她俯瞰著草叢、野花和空地。但是，他們很快就會下馬。羅道夫拴好馬，愛瑪「走在前面，踩著馬車輪印之間生長的苔蘚。」她還主導著情況的發生。「走在前面」，俯瞰著苔蘚。羅道夫從背後看著她的白襪，「總覺得聯想到她的裸體」。從這一瞬間開始，愛瑪變成了羅道夫慾望的對象。讀者不由自主地開始以羅道夫的眼光注視愛瑪。

透過從男式帽簷斜垂到腰際的頭紗，可以看到她的臉孔彷彿在天藍色的水波中游動，沉浸在透明的藍色之中。

「可以看到」？誰在看？正是羅道夫。接下來的部分，我將成為「尋找中心部分的讀者」，仔細閱讀。

愛瑪低著頭傾聽著，用一隻腳尖摩擦地上散落的木屑。

但是，她聽到了這麼一句話。

「我們的命運不是已經融為一體了嗎？」

「不！」她回答。「你應該很清楚，那是不可能的。」

她站起來想要回去，他抓住她的手腕，她停了下來，用飽含愛意的溼潤眼睛望著他，以清晰的語調說道：

「啊！拜託，不要再說那樣的話了……馬在哪裡？我們回去吧。」

他做出沮喪生氣的手勢，她反覆說道：

「馬在哪裡？我問你馬在哪裡？」

隨後，羅道夫露出奇怪的微笑，眼睛睜大，咬緊牙根，張開雙臂走向前來。

她顫抖著往後退，然後吞吞吐吐地說道：

「天啊，你嚇到我了！別傷害我！回去吧。」

「如果真的得如此的話」，他臉色一變說道，接著又恢復文雅、溫柔、靦腆的態度。

她把手臂伸給他，兩人轉過身來，羅道夫說道：

「到底為什麼呢？為什麼？我真不懂！妳好像誤會了吧？在我心中，妳就像位居高台的聖母，堅定、不染一絲塵埃。為了活下去，我需要妳！需要妳的眼睛，妳的聲音，妳的想法。請妳成為我的朋友、我的妹妹、我的天使吧！」

接著他伸出手臂，環抱著她的腰。她無力地扭動著想逃走，他就這樣攬著她往前走。

他們聽到兩匹馬在啃食樹葉的聲音。

「啊，再待一下。」羅道夫說，「不要回去！再待一會兒吧！」

他帶著她到稍遠的池塘邊。水面上，水草鋪成一片綠茵；枯萎的睡蓮靜靜地浮在燈芯草之間。聽到兩人踩著草地的腳步聲，幾隻青蛙跳開藏起來了。

「是我的錯，都是我的錯。」她說道。「我不應該聽你的話的，我真是瘋了。」

「為什麼？……愛瑪！愛瑪！」

「啊，羅道夫！……」少婦輕倚在他的肩膀上，慢慢說道。

她的衣角緊緊地貼在男人的絲絨服上。她仰起白嫩的脖子，發出一聲歎息，之後，她身子發軟，淚流滿面，渾身顫抖。她捂住臉，將身體交給了他。

夜幕低垂，**夕陽從樹枝間斜照進來，讓她覺得刺眼**。在她周圍和地上的樹葉中，跳動著點點光線，像蜂鳥飛舞著撒落羽毛一般。四周一片寂靜，樹木似乎也散發一股溫馨蜜意。她感到自己的心臟又開始跳動，血液像奶河一樣在體內流動。

那是一個保守的時代，福樓拜沒有具體描述愛瑪和羅道夫的情事，而是以愛瑪觀看世界的角度變化來加以暗示。愛瑪看著「散落在地上的木屑」，把身體交給羅道夫後，因為「斜照的夕陽」而覺得刺眼。這個關鍵強烈暗示愛瑪躺在草地上。躺著的她環顧四周，發現「跳動著點點光線」，她感到自己的心臟「又」開始跳動。亦即，這段話中蘊含著她感覺之前心臟停止跳動的感覺。細心的讀者清楚知道，愛瑪的生活發生了巨大的變化。剛剛還在強烈說服愛瑪的羅道夫則漫不經心的樣子，「牙齒之間叼著捲菸，用小刀修裁斷裂的韁繩。」這種用刀修裁韁繩的事情，在興奮狀態下是做不到的。羅道夫越過了激情的瞬間，愛瑪的心臟又開始跳動。

兩人走向來時路，回到村子。他們又看到了並排印在泥土上的蹄痕，還有和剛才相同的灌木叢、相同的鵝卵石。他們的周圍沒有絲毫變化，然而，對她的人生而言，卻發生了翻天覆地的改變。

《包法利夫人》可說是常見的故事，因為這是關於發生外遇的有夫之婦的故事。但是福樓拜為什麼會下定決心寫這種顯而易見的故事呢？下面是福樓拜寫給情人路易絲・科萊（Louise Colet）的信中，提到關於現代小說時經常引用的一段話。《包法利夫人》的譯者金花英也在譯者後記中提到這個部分。因為是意味深長的句子，讓我們一起閱讀。

我認為最美麗的書正是我想付諸實現的一本關於「無」的書，一本沒有與外部世界連結的書。就像這個地球沒有任何物體支撐，卻依然能飄浮在空中。只以文體的內在力量獨力支撐，幾乎沒有任何主題的一本書，或者至少是一本幾乎看不到主題的書（如果有可能的話）。最美的作品是以最低限度的題材呈現的作品。表達越接近思想，詞彙就會越貼近思想，消失無痕，因此變得更加美麗。

亦即福樓拜想寫一本「幾乎沒有任何主題」的書。塞萬提斯的《唐吉訶德》中有明確的主題，是要揭露騎士小說的虛幻性。但對十九世紀的福樓拜而言，主題不再重要。他曾想像要寫一本「只以文體的內在力量獨力支撐」的書。為此，故事和題材必須簡單明瞭，唯有如此，人們才會集中於類型。對此，金花英概括了福樓拜的想法：「這意味著比起畫什麼，如何畫更為重要。」

如果把福樓拜的這封信與帕慕克「隱藏的中心部分」互相連貫，會很有意思。所謂「幾乎沒有任何主題，或至少是一本幾乎看不到主題」的書，可說是看不到中心部分的書。福樓拜用通俗浪漫小說的外表搭起帷幕，用它安撫人們，然後把裡面設計成非常複雜的迷宮。掀開浪漫小說的帷幕，進入《包法利夫人》的讀者，開始像測量員K一樣尋找城堡。人們尋找的浪漫小說熟悉的感受，就是測量員K的城堡。福樓拜肯定不喜歡像愛瑪．包法利這樣的讀者。他一定不想提供這些熟悉的故事情節，顯而易見的背景，還有這種具裝飾性的對話，眼淚狂飆之後分手的戀人以及誇張的結局。因此，將像愛瑪一樣的讀者引入小說後，把他們帶到非常陌生和奇怪的風景之中。

我記得很久以前閱讀這本小說的起始部分之後，就將書闔上了。因為太過奇怪，所以打電話給一位在法國專攻法國文學的評論家，詢問他《包法利夫人》的開頭是不是太奇怪了，這裡的「我們」究竟是誰？

我們正在自習室學習，校長帶著一個身著便服的新生和扛著大書桌的校工進來。昏昏欲睡的孩子們都醒了，好像被嚇到似的，從座位上站了起來。

校長向我們揮揮手，讓我們重新坐回座位，然後轉向老師，低聲喊道：

「羅傑先生，這個學生就拜託你了。他上五年級，但如果學業和品行良好，就讓他進符合自己年齡的高班吧。」

那個站在門後角落、看不清面容的新生，是個大約十五歲的土包子，身高比我們大家都要高。

新生是長大後與愛瑪結婚的夏爾．包法利，「我們」是夏爾的同班同學，但是這個「我們」在此時短暫登場後，再也沒有出現在小說裡。這有點奇怪，「我們」看到「新生」入學，但因為在小說的開端，既是敘述者又是觀察者的「我們」這個非常重要的存在，不到幾頁就虛無縹緲地從小說的世界中消失了。接到我電話的那位評論家說，自己很早以前就讀過《包法利夫人》了，但並不覺得特別奇怪。「不，很奇怪，真的很奇怪。在福樓拜之前是不是也有其他作家使用過這種方法？這是不是十九世紀法國流行的某種特別方式？」他說應該不是。

這種開頭看起來似乎像是沒有寫過小說的菜鳥作家寫的內容。小說的主角是愛瑪．包法利，夏爾無足輕重，沒有必要非得用同班同學的眼光敘述這號人物的出現，因為那只會給讀者帶來混亂。我也產生了如下的疑問：觀察夏爾的人是誰？夏爾的轉學場面是對以後的什麼事件埋下的伏筆嗎？但這個部分只是一種麥高芬[3]而已。俄國小說家契訶

3 MacGuffin，電影用語，指可以推展劇情的物品、人物或目標，常用於驚悚片。

夫（Anton Chekhov）曾經留下那句著名的話：「如果戲劇初期有槍，總有一天會發射出去」，福樓拜將其顛倒使用。也就是說，即使戲劇初期出現了槍支，就算讀者堅信應該會發射，但沒有一定要發射。

《包法利夫人》以這種方式一直與讀者進行遊戲。讀者努力經由捷徑到達「隱藏的中心部分」，而福樓拜為了讓讀者無法輕易到達，將讀者引向意想不到的方向。為此，他經常將時間從這個人轉移到那個人身上（這並非二十世紀以前小說經常使用的方法），他不僅使用大膽的省略，還在愛情故事中讓不必要的各種人物登場。愛瑪與羅道夫幽會的地方還是個搭不上邊、類似市集的農耕展示會場。福樓拜在這處使用了讓人聯想到現代電影蒙太奇技法的敘述方式，令讀者感到驚慌失措。儘管如此，讀者並沒有停止對中心的探索，但是該中心不輕易顯露。隨著愛瑪最終死亡、夏爾破產，小說於焉結束。什麼啊？這就結束了嗎？這部小說的中心部分是什麼？也許不是這樣的質問，但讀者以某種空虛的感覺重新翻看小說的最後章節。是的，小說顯然結束了。與多名男人有染的敗德女人自殺了。那麼，所謂「隱藏的中心部分」難道就是「有夫之婦做出不道德的行為，結局一定不好」的教訓嗎？也有可能如此，因為中心部分不一定非得有什麼深奧的主題不可。福樓拜明確說過要寫一本「幾乎沒有任何主題，或者至少是一本幾乎看不到主題的書」，他認為中心部分並不重要，重要的是讀者到達中心部分的過程。如果說福樓拜開啟現代小說的篇章，也許正肇因如此。從他開始，強調主題和教訓的小說就變成舊式的作品。

愛瑪．包法利雖然繼續愛情的冒險，但讀者並沒有追隨她的冒險，而是跟隨福樓拜敘述愛瑪的文筆。塞萬提斯為了對抗老生常談的騎士小說而寫下《唐吉訶德》，福樓拜也一樣，對老套的外遇事件進行了全新的書寫。結果，愛瑪．包法利成了令人驚嘆的生動角色。接近小說的高潮時，她就像被鬼魂纏住似的，令人毛骨悚然。

在下個星期四，她在酒店房間裡再次見到萊昂，她充滿激情，又哭又笑，唱歌跳舞，讓人拿果汁來，還打算抽菸。萊昂雖然覺得她過於放縱，但還是很棒，很有魅力。不知道她以前受到什麼拘束，使得此刻的她縱情享受生活。她變得愛發脾氣、貪吃美食，而且耽於肉欲。她甚至說不怕人講閒話，泰然地和他一起昂頭走在大街上。儘管如此，愛瑪偶爾會突然想到該不會遇見羅道夫而發抖。因為兩人雖然一刀兩斷了，但她似乎還沒有完全擺脫對他的依戀。

有一天晚上，她沒有回到村裡，夏爾幾乎要瘋掉，小貝爾特哭得讓人心碎，說媽媽不回來就不睡覺。

小說中的角色如此生動，人們就會感到恐懼。但是人們不知道為什麼對愛瑪有如此生動的感覺，所以告發愛瑪的不貞。因為不能把小說裡的人物推上法庭，所以傳喚了作家，而福樓拜不得不出庭。

充滿陳腔濫調的小說是一個安全的世界。財閥第二代與貧窮的工讀生墜入愛河，這在現實中是少有且危險的事情，但在電視劇中卻經常見到，因此任何觀眾都不會太緊張。我們一邊嚼著爆米花，一邊泰然自若地觀看窮凶惡極的歹徒登場的好萊塢動作片。「什麼？用背包裡的炸彈炸翻曼哈頓？哇，應該很有趣！」但如果優秀的作家以全新的風格和嶄新的表現形式來呈現，人們就會無法將故事與現實區分開來。不，有時會開始覺得比現實更可怕。

因此，閱讀小說不是為了得到任何主題和教訓，也不是為了到達「隱藏的中心部分」。在閱讀小說的過程中，我們似乎確實得到了某種教訓，似乎找到了主題，在努力尋找「中心部分」的過程中為之混淆，似乎到達了一些相似的地方，但是讀完之後，就會陷入並非如此的奇妙感覺。

那麼我們閱讀小說的真正原因為何？那應該就是為了遊蕩，目的實際上是為了在沒有任何意義的奇怪世界中遊蕩。小說是精心設計的精神迷宮。這與K前往城堡的旅程相似，雖然順著道路向遠處隱約可見的城堡走去，但我們無法輕易到達那座城堡。相反的，我們會遇見陌生人，經歷令人無語的事情。有時可以體驗日常生活中無法感受到的情感，也可以仔細思考從未想過的問題。因此，在書店書架上那麼多的書中，我們非得抽出小說的理由，其實和厭倦在高速公路上行駛的人，故意進入狹小的地方道路的原因相似。閱讀小說時，我們的理性預測故事情節，揣測作家的意圖，把人物性格與我們所熟知的現實中某個人進行比較。另一方面，我們的感性非但對作家寫下的精準而美麗的文字感到嘆服，對人物描寫產生共鳴，也會對主角身處的苦難感到心痛。當理性和感性得到適當平衡時，我們的閱讀就會成為一種滿足的經驗。時而被理性吸引，時而被感性吸引，我們的精神會開始逐漸理解書中體現的那個奇怪世界，最終成為那個世界的一份子。

因此所謂良好的讀書經驗並不是完全了解一部小說，反而是在作家創造的精神迷宮裡愉快地遊蕩的經歷。「啊，不知道為什麼，這部小說真有意思。人物栩栩如生，事件有趣，閱讀的時候真讓人興奮。主角昨晚也在我夢裡出現了。」這就足夠了。反正我們所發現的一切只不過是作者的虛構而已，所有這些元素和設置，都會讓讀者在作家創造的那個世界裡經歷到精彩的體驗。

也許有人會問：「我們的時間很寶貴，如果花那麼多寶貴的時間讀小說，是不是應該有所收穫呢？」如果是福樓拜的話，他一定會如此回答：「花那麼多寶貴的時間去閱讀，如果只得到『出軌就會死亡』的教訓，那才是浪費時間。」很顯然地，我們經由閱讀小說來獲取一些東西，至於是什麼東西很難向別人說明，因為我所經歷的迷宮和別人經歷的迷宮都不一樣。我們生活在貨幣經濟當中，習慣於認為那些不能兌換的東西毫無價值。但是真正珍貴的東西是不能交換的，例如子女不能用量化的形態來回報父母付出的愛；幫助處於困境中的他人的經驗，也不會以同樣的形態回到我身邊。萬事達卡的廣告掌握了這個重點。美好的經驗給人留下深刻的印象，例如和子女一起露營之類的，然後廣告如此呈現：「It's priceless」，就是鼓勵用信用卡購買無法用價格來衡量的經驗。他們隱瞞的是帳單一個月後會寄來，最終價格還是存在的。但是閱讀卻不同。經由閱讀小說，我們得到的是獨特的遊蕩、獨一無二的感情體驗。這不是能交換的，所以擁有價值。閱讀一部小說，一個輕薄的世界就會重疊到我們的內在。我認為人的內在就像千層蛋糕，在日常這個枯燥無味的世界上，像閱讀這樣的精神體驗層層疊加，每個人都會創造出獨特的內在。

現代的企業稱呼我們為消費者，像 google 這樣的企業將我們視為大數據的一個點，政黨認為我們是選民，我們的個性被抹殺，只有行為才有意義。如果我們不再買東西、不上網、不參與投票，對他們來說，我們就等同於不存在了。但我們可以拒絕淪為這種沒有個性的存在，經由在我們的內心深處建設屬於自己的小宇宙，就可以做到。如果說現實中的宇宙是由閃耀的星球、行星、黑洞等組成，那麼我們內在形似千層蛋糕的小宇宙，則由我們閱讀的書組成。當它們靜靜地在我們內在發出光芒時，我們才能擁有尊嚴和力量，去對抗把人類簡化為數據的世界。

第四天，讀 閱讀，「因為那裡有小說」

經由閱讀，我們得以前往與現實非常相似，但不是現實的某個世界進行探險。……在小說的某些關鍵點上，讀者在感受到美的快感的同時，也感到幸福。但在某些關鍵點上，對於是否要繼續進行這一探險，人們甚至會陷入懷疑之中。

納博科夫（Vladimir Nabokov）在《蘿莉塔》的結尾部分突然加入了關於人物一致性的隨想。

對於讀者而言，文學作品中的登場人物會因為各自不同的類型，看起來像是非常具有一致性的人，所以大家往往會期待自己的朋友也具有這種一致性。例如，我們無論讀過幾次《李爾王》，終究不會出現那個善良的國王在再次見到三個女兒和她們的愛犬時，完全忘記此前的不幸，與致勃勃地喧嘩，用啤酒杯敲打餐桌的場面。同樣地，福樓拜的父親*不會因為正好流下憐憫的眼淚，而讓愛瑪因鹽份而復活或者恢復生機。不管多有名的登場人物在書的封面和封底之間如何變化，在我們心中，那個人的命運

* 指的是愛瑪的父親。這可能是為了讓人聯想到福樓拜曾經說過那句有名的「愛瑪．包法利就是我」的話而故意這樣說的。但為什麼非要讓韓伯特．韓伯特（Humbert Humbert）說「福樓拜之父」，而不是「愛瑪之父」呢？這很有意思。如果說愛瑪是福樓拜，那麼韓伯特．韓伯特就是納博科夫嗎？或者是嘲弄那些想如此讀的人呢？

已經被定下來了。同樣的，我們期待朋友也能按照我們設想的各種邏輯、既定的老套模式行動。因此，一直只創作二流交響曲的 X 不應該突然寫出不朽的名曲；Y 絕對不會是殺人的人；無論發生什麼事情，Z 都不會背叛我們。每當我們聽到有人按照自己內心所認定的一切行事，就會感到滿足，越是素未謀面的人，滿足感就越大。反之，如果結果脫離了我們的判斷，與其說感到震驚，甚至會覺得這也太無恥了。比如說，如果聽到原本在賣熱狗、後來退休的鄰家男人，最近發表了當代最佳詩集的消息，就會覺得還不如不認識他呢。

緊接著這一幕之後，出現了韓伯特．韓伯特的律師帕洛突然陷入愛情，前往印度度蜜月的故事。之後就是韓伯特收到自己苦苦尋找的蘿莉塔的信。他的律師和年幼戀人都過著出乎他意料的生活，這讓他感到震驚。

這個部分意味深長。就像納博科夫寫的那樣（這個部分雖是主角韓伯特．韓伯特的獨白，但似乎像是納博科夫突然跳出來說話〉，小說中的登場人物在作品中可能會有所變化，但絕對不可能與作家已經寫好的內容有所不同。我們對此都很清楚，只是沒有意識到而已。春香與李夢龍重逢，兩人初相識的時候，雖都是不懂事的年輕戀人，但在劇情結尾，他們已成為堂堂的官僚和遵守道德的成熟女性。然而如果有人說李夢龍和春香的丫鬟香丹成了親，或者春香從一開始就是壞官僚邊學道的妹妹，我們就會像是聽到「青蛙比大象還大」的話，感到非常無語。李夢龍和春香雖然是想像中的角色，但感覺就像是不變的自然法則。納博科夫借著韓伯特·韓伯特的口，舉李爾王和愛瑪·包法利為例，說明作品中沒有發生的，就是沒有發生的事。

讀者對小說登場人物有所期待，我們對現實中的人也有同樣期待，納博科夫為了說明這件事，舉了這個例子。是的，我們對現實中的人也有各種各樣的成見和期待，但並不像小說的登場人物那樣。小說中的人物和現實中的人，其穩固程度無法比較。理解和掌握現實的人物，就像坐在小艇上的獵人用槍射鴨子，小艇搖晃，鴨子飛走，因此，其難度和不確定性非常大。但是李爾王和朝鮮時期的義賊洪吉童以不變的樣子存在，變化的只有閱讀那部小說的讀者本身。因此，我們可以說小說如同「第二自然」那般。雖然是從虛構開始的，但不知不覺中，小說裡的世界開始像馬特洪峰或太平洋一樣堅定不移。

小說經常被比喻為夢。奧罕．帕慕克說，小說是「第二個人生」。雖然像夢境一樣，我們在閱讀小說時，也認為內容是真的，但另一方面卻知道並非如此，這一點與夢境不同。

是的，小說和夢境很相似，因為我們相信那就像現實。但其實二者有很大的不同，從睡眠中醒來的那一刻，夢境的真實性就被否定，但小說在閱讀後之仍然存在。雖然我們都知道那分明是虛構的，但它仍然是一個不能被隨意改變的堅定現實。波赫士說，只有兒童和未開化的人，才會無法將夢境與現實區分開來，並講述了自己年幼姪子的故事。

我姪子每天早上都會說自己的夢境給我聽。他當時大概是五、六歲左右。但是，我希望大家能記住，對於數字我實在是沒有概念，所以有可能出錯。有一天早上，我問坐在地板上的他做了什麼夢。姪子知道我有那種愛好，慢慢說道：「我昨晚夢見自己在樹林裡迷了路，我非常害怕，但後來到了空地，那裡有一間白色的木屋。屋內有著像蝸牛一樣彎曲的樓梯，樓梯上鋪著地毯，上面有一道門。您就從那個門裡走了出來。」然後他突然停頓下來，接著又這樣說道：「但是叔叔，你在那個房子裡面做什麼？」

《哈扎爾詞典》（*Dictionary of the Khazars: A Lexicon Novel*）中有許多認為夢境比現實更真實的人登場。《哈扎爾詞典》是以七世紀到十世紀左右的傳說民族哈扎爾族神話為中心寫成的詞典式小說，這本書中的許多神祕故事都是以夢境為背景的。例如，被稱為「夢境獵人」的祭司表示「可以（像書一樣）閱讀別人的夢境，或者進入夢境中安穩地停留。」據說，他們甚至可以從他人的夢境中捕獲獵物。這本書還講到既是音樂家、又懂得解讀夢境的優素福・馬蘇迪的幻想故事。據說，他在被派到君士坦丁堡的外交官底下當僕人，追尋那些跟隨人們的夢境旅行的幽靈。

據馬蘇迪的瞭解，如果兩人的夢境中都有對方出現，而其中一個人的夢境構成另一個人的現實，那麼夢境的一小部分總是會被留存下來，這就是「夢的孩子」。當然，夢要比夢中人的現實更短。但因為夢境總是很深的，任何現實都無法比擬，所以總是會留下一些殘渣。這種「剩餘物質」因為無法完全進入夢境中出現的人的現實，最終會流入第三者的現實中，並附著在該處。結果第三者會經歷巨大的難關和變化，他會比最初兩人的處境更為複雜，此人的自由意志受到的無意識支配，是其他兩者的兩倍。

我做的夢構成別人的現實，別人做的夢也許就是我生活的現實，這樣的想法真是太棒了。這不禁讓人想起莊周的蝴蝶夢：不知周之夢為胡蝶與？胡蝶之夢為周與？在用文字書寫、付印成書的小說正式登場前的世界，即口傳文學的世界中，夢的地位與現在截然不同。因遺傳性疾病而導致雙眼失明的波赫士，也對與自己命運相同的荷馬的史詩以及口傳文學的世界，表現出濃厚的興趣。他同時還喜歡代表東方口傳文學的《一千零一夜》，從那無邊無際的龐大故事中，他非得挑出一個與夢相關的插曲。

夢是《一千零一夜》中最重要的主題。兩個做夢的人的故事真的很精彩。生活在開羅的某個人在夢裡聽到了某種聲音，說是波斯的伊斯法罕藏有寶物，要他前往該處。他歷經漫長而危險的旅途，終於疲憊地到達伊斯法罕，躺在某個寺院的庭院裡睡覺。但是一無所知的他在那裡和小偷混在一起，後來他們都被逮捕。法官問他為什麼來到這裡，埃及人講起夢境的故事。法官大聲笑著說道：「你這個既愚蠢耳根子又軟的人啊，我三次夢到某個在開羅的人家，房子後面有庭院，庭院裡有日晷、噴泉和無花果樹，就在那個噴泉下面藏有寶物。我完全不相信這個謊話。你千萬不要再回來伊斯法罕了，我會給你一些錢，快離開這裡。」埃及人再次回到開羅，他從法官的夢裡看到了自己的家，他挖開噴泉，在那裡發現了寶物。

優素福・馬蘇迪「一個人的夢會成為另一個人的現實，反之亦有可能」的故事，在《一千零一夜》中也產生了類似的變調。這個開羅人最初做的夢是「伊斯法罕藏有寶物」，但是伊斯法罕並沒有寶物，相反的，有著一位夢裡出現寶藏的法官。他從這位法官的夢裡看到自己的家，因此他再次選擇相信夢境，踏上漫長的回家之旅，最終發現了寶物。因此，「伊斯法罕藏有寶物」雖然不是事實，但他最終找到了寶物，因此夢境也不完全是錯的。

如果用《哈扎爾詞典》中優素福・馬蘇迪的方式重新解讀這個夢境，則更加奧妙。哈扎爾人認為夢雖比現實短暫，但更深邃，就像看不到底部的水井。亦即根據夢境創造現實後，就會產生剩餘的部分。這些剩餘的部分，即「剩餘物質」進入不明所以的人的現實中，會產生奇怪的作用。亦即我之所以做出不符合我風格的行動，是有人將夢和現實相互交換，剩餘部分進入我的現實的結果。莊子的蝴蝶夢是蝴蝶和我等價交換的世界，但《哈扎爾詞典》的夢境和現實中卻有著剩餘的物質。我更喜歡《哈扎爾詞典》的比喻。在小說正式進入人類史之前，這也許是只適用於夢境的比喻，但我認為，在當今時代，這反而是適合小說或電影的比喻。很顯然的，小說一定比現實更短，沒有一部小說能代替七十億人口的生命（我們都知道，將日常生活原封不動地搬上小說的新小說實驗已經失敗），但是小說可能比現實更深邃。如果是這樣，正如同《哈扎爾詞典》中的夢境，小說中也會留下不被現實所置換的「剩餘物質」。也許我們就是為了這個部分而讀小說的，經由閱讀，我們得以前往與現實非常相似，但不是現實的某個世界進行探險。

小說與夢的不同之處在於，小說以文字書寫、以書籍結集。和徹底的個人化、無法公開驗證的夢境不同，小說像是任何犯罪的證物，完全公開存在。當然，我們對於自己閱讀的小說有著扭曲和編輯過的記憶。幾乎對所有的小說都是如此。我們雖然不會忘記愛瑪·包法利最終自殺，以及皮廓號是捕鯨船，但對於愛瑪第一個出軌的對象是誰、史塔布是皮廓號的大副還是魚叉手等，經常搞不清楚。甚至連作家也會對自己過去寫的作品沒有完整的記憶。著有《不用讀完一本書》（*How to talk about books you haven't read*）的法國學者皮耶．巴亞德（Pierre Bayard），曾建議千萬不要向在雞尾酒宴會上見到的作家詳細提及書的內容。話題越長，作者就越覺得讀者說的好像不是自己的書，這時責任在於雙方不完整的大腦。作家的記憶不準確，讀者的記憶也是，因此兩人分享很久以前讀過的、對於某部小說的不完整記憶，自然會逐漸不信任對方。

儘管如此，兩人的錯誤記憶只要把書拿來翻一翻就可以確認。因為夢境無法如此，所以依然留存在神祕的領域，但小說並非如此。據說，波赫士曾經因為對年輕時出版過的某本書感到羞愧，因而到各個圖書館借閱該書後將之銷毀。每位作家都會有一、兩個那樣的「黑歷史」，很難將其刪除。書一旦出版就不會消失。在韓國，向國會圖書館或國立中央圖書館繳納圖書是一種義務，因此任何書籍在理論上都不會完全消失。

所以說，小說最初起源於作家荒誕的想像，但寫成書之後，被分享到每個讀者的記憶中，成為比現實更難以否定的一種自然，這一點非常有趣。

如果擺在我們面前的小說，呈現的是如此無可置疑的自然，那麼讀者會如何認識、體驗這一自然呢？如果這些自然像喜馬拉雅山群峰或亞馬遜的叢林一樣難以隨意接近，又會如何呢？讀者與這些書籍會展開何種抗爭？這種挑戰的成果又是什麼？這是我在閱讀納博科夫的《蘿莉塔》、杜斯妥也夫斯基的《罪與罰》、韋勒貝克（Michel Houellebecq）的《無愛繁殖》、卡繆的《異鄉人》、強納森・利特爾（Jonathan Littell）的《善心女神》等作品時無數次想到的問題。閱讀這些小說在精神上會高度緊張，無論從道德上還是常識上，都很難接受主角和他們的行為，也很難承受小說中發生的慘狀。但是作家一直都在寫這樣的作品，很多讀者都熱愛這樣的作品。讀者無法改變作品的一筆一劃，因此，除了承擔這些事情以外，別無他法。儘管如此，想閱讀這些書的讀者依然絡繹不絕。

讓我們再次回到《蘿莉塔》，閱讀這部作品絕非易事。

蘿莉塔，我生命之光，我肉體之火。我的罪惡，我的靈魂。蘿—莉—塔：舌尖從上顎往下走三步，第三步輕輕叩在牙齒上。蘿。莉。塔。

《蘿莉塔》著名的第一句話（嚴格說來，約翰・雷伊博士的序言是小說的開端，但讀過這本書的大部分讀者，都記得這是第一個句子），是熱愛十二歲少女蘿莉塔的中年男子韓伯特・韓伯特在監獄裡寫的回憶錄開頭。讀到這一部分時，任誰都會模仿韓伯特發出「蘿莉塔」這個聲音，並確認是否真的要「舌尖從上顎往下走三步，第三步輕輕叩在牙齒上」。眾所周知，弗拉基米爾・納博科夫是俄羅斯沒落貴族的子弟（根據刻畫，韓伯特・韓伯特也是來到美國的法裔移民）。因為他從家教那裡學到了正統的法語和英語，所以在美國的生活沒有困難，但是語調和發音總是會刺激他的神經。因此，把十二歲的美國少女蘿莉塔用舌頭的位置加以記憶，其實是非常自然的事情。儘管如此，被關進監獄的這名男子一邊品味著自己的舌頭碰到上顎的感覺，一邊思念蘿莉塔，這一場面令人覺得陰森而不快。讀者可以預期，從這第一個場面來看，之後閱讀的韓伯特回憶錄將會不同尋常。

早上她只穿著一隻襪子時，身高四呎十吋，她是蘿。穿著寬鬆褲的時候是蘿拉。在學校叫朵莉，文件上的名字是朵拉芮絲。但是，當她投入我的懷中時，她永遠是蘿莉塔。

四呎十吋是一百四十七公分，可知她是還不成熟的少女。她是學生，但很多時候還是被韓伯特．韓伯特抱在懷裡。納博科夫從第二段起，開始挑釁讀者。就在這一瞬間，讀者切實感受到了米蘭．昆德拉定義的「小說是道德判斷中止的疆域」。納博科夫宣告：好，如果不想中止道德判斷，就在此時闔上書頁吧。因此，讀者必須與作家達成某種協議。不是「無條件接受你這個作家的道德判斷」，而是決定「在讀完這部小說之前，暫時保留道德判斷」。當然，在閱讀這本小說的期間，讀者可以推翻這一協議。很多讀者推翻協議之後闔上書頁。例如，讀者可能會很難以忍受這樣的場面。

「我們倆睡在同一個房間裡嗎？」蘿的表情變得充滿活力——不是不快或厭惡的表示（雖然之前的狀態很明確），只是充滿活力——這是想要讓問話具有強烈意義時經常出現的現象。

「我跟他們要了小床，如果妳不喜歡，那就我用吧。」

「你不太正常哦！」蘿說道。

「怎麼了，我的小可愛？」

「因為嘛，小可愛叔叔，如果我的小可愛媽媽知道這件事，她就會馬上和你離婚，然後把我掐死。」

她依舊充滿活力，好像根本不怎麼在乎這個問題。

「聽我說。」我坐下說道。她站在距我幾步遠的地方，驚訝又欣喜地望著自己的模樣，她照著壁櫥門的鏡子，盡情地散發出玫瑰色陽光般的魅力。

「蘿，聽我說。這個問題我們得先說清楚。無論從哪個角度看，我事實上是妳的爸爸，還有，我很愛妳。所以媽媽不在的時候，我要負責照顧妳。我們不是有錢人，旅行期間不得不……會有很多不得不在一起的時候。兩個人用一個房間，不管怎麼說，不可避免地會發生……要怎麼說呢，會發生……」

「亂倫嗎？」蘿這樣說道，她跨進壁櫥，然後用稚嫩的金嗓音格格笑著走出來，打開旁邊的門，這次為了不想弄錯，她用古怪朦朧的雙眼觀察了裡面，然後進了洗手間。

之後，這兩人在旅館裡發生關係——三十八歲的男人和十二歲的少女。甚至韓伯特·韓伯特說：「最先誘惑的人是她」。他具有典型戀童癖的特點。這些人總是聲稱是少女先誘惑他們的，假設少女對性的好奇心和經驗比自己更多。現代的讀者可以簡單明瞭地對韓伯特・韓伯特做出道德判斷。但是除了道德判斷之外，這部作品在另一個層面上存在著魅力。雖然知道主角是需要治療的性變態，但這並不意味著會自動把《蘿莉塔》當作垃圾。繼續閱讀《蘿莉塔》的讀者，不得不將對主角的厭惡與對作品的好感加以調和。

如果對作品的不滿只是從道德的好惡這個比較平面的角度出發，那麼好感則會從多種角度向讀者進攻。若說道德的判斷是正規軍，則好感就是游擊隊。正規軍駐紮在眼睛看得見的地方，公開進軍。相反的，我們無法預測游擊隊的出沒地點，而且攻擊方式也多種多樣。在《蘿莉塔》中，首先納博科夫的詩意文體就是這樣的游擊隊。因為兒童和外國人對他們開始學習的語言感到陌生，所以簡單地運用詩意的文體。他們不會接受給定的單詞。《蘿莉塔》中，納博科夫也不停地用英語進行語言遊戲。將強姦犯 the rapist 和治療師 therapist 進行比較的場景是最具壓倒性的。英語為母語的人可能從未想過治療師 therapist 可以被「因數分解」為強姦犯 the rapist。俄羅斯的沒落貴族繼續玩著這個才剛知道的玩具。移民納博科夫拒絕老套的表現（事實上，也許他並不清楚那是老套），分解既有的詞彙，以全新的方式加以呈現。

在這個過程中，有些讀者認為，這部小說也許不是三十八歲的男人愛上十二歲少女的故事，而是舊世界的移民接受新世界秩序過程的隱喻。這種解釋是否正確，在這裡不是重要的問題。移民作家執著的語言遊戲，讓讀者懷疑這部小說可能有不同的層次，這很有意義。《蘿莉塔》一九五五年在法國出版後，引起了巨大的迴響，此後在美國出版時，納博科夫才寫了序文。在作品已經引起巨大迴響後才寫下的這段序言，與尚不確定能否出版時，借用約翰·雷伊博士之名寫的序言進行比較，真的是非常有趣的事情。他借用約翰·雷伊博士這一假想人物之口，闡明《蘿莉塔》必定會成為精神病理學領域的經典，比起文學價值，更重要的是這本書帶給讀者的道德衝擊，在這激烈的個人故事中隱藏著普遍的教訓，具有揭發在這個社會蔓延的各種惡行的作用，透過養成警覺心和洞察力，引導我們致力於構建更安全的世界，培養出更好的世代等。

由於該序言本身充滿了某種道德的陳腔濫調，因此很難將此視為納博科夫自己的發言。雖亦可視為是對偽善道德觀的一種嘲諷，但另一方面，也很難相信他完全不期待能因此緩和小說內容引發的社會譴責。《黑桃皇后》的作者普希金也曾為了達到類似的效果，而寫過一篇假序言，因此不敢說納博科夫運用這種手法沒有受到任何祖國前輩作家的影響。這種從不知名人士那裡收到手稿後編輯出版的序言，不僅能稀釋作家會受到的道德譴責，而且可以起到緩衝效果，讓讀者不會將小說內容視為完全的事實。

我也從普希金的《黑桃皇后》獲得靈感，在短篇小說〈吸血鬼〉中使用過相同的技巧。〈吸血鬼〉是這樣開始的。

> 因為去年出版了長篇小說《我有破壞自己的權利》，偶爾會接到奇怪的電話或信件。在那本小說中，從事所謂自殺嚮導這一特殊工作的人，以敘述者的身分登場，似乎有讀者誤以為我和自殺嚮導是同一人。打電話來說自己馬上就要自殺，問我有什麼話要

對他說。仔細想想，這人也是走投無路了，才會打電話給我這個不相干的人，我一方面覺得這人真是可憐，但另一方面，也覺得非常為難。

一開始覺得今天要介紹的這封信大概也是其中之一，所以覺得不需太過在乎。——我關上窗戶坐在電腦前，但雨越下越大，雷聲也越來越大。為了保護電腦，正想關機的時候，電話鈴響了。

「是金英夏的家嗎？」

「我就是，您是哪位？」

「我叫金熙姸，不久前寄給您一封郵件，不知您記不記得……」

金熙姸，金熙姸。那時我突然想起了裝在Ａ４信封裡厚厚的郵件。我一一收拾書桌上的報紙後，看到了那封郵件，信封的左上角寫著「金熙姸」三個字。

因為內容有我的本名和我寫的小說書名，讀者很難決定應該從哪裡開始相信這個故事的真偽，所以先暫時不作判斷，繼續讀下去，但金熙妍這個人寫的信非常奇怪，因為這是一個女人相信丈夫是吸血鬼的故事。〈吸血鬼〉是一篇看起來令人難以置信的小說。這和普希金在《黑桃皇后》中所做的相同。納博科夫寫的並不是「難以置信」的故事，而是令人「不想相信」的故事，有些讀者因為這個緣故而對故事存疑。相反的，有些讀者卻因此更加相信小說中的故事。二〇〇七年七月三日，一位讀者向 naver[4] 提出了這樣的問題。

Q. 金英夏在〈吸血鬼〉中說和自己親近的同行作家是誰？在小說裡，應該就是寫信給金英夏的金熙妍的丈夫……因為才剛接觸金英夏的作品沒多久，所以不太清楚……　我閱讀的時候很感興趣，請一定要告訴我，我不知道自己是不是把框架小說和現實搞混了……

4　韓國最大入口網站。

從問題的最後一個句子可以感受到，提問的讀者對框架小說所具有的雙重性有著微弱的認識。因為框架更像事實，但也許只是敘事上的小把戲，讓這位讀者產生了矛盾。

在《蘿莉塔》成為熱門話題之後，納博科夫加寫的「作者的話」有所不同。俄羅斯沒落貴族的子弟自此更加從容，作家確信他能夠預測出批判的範圍，大眾的狂熱和文學評價，可以充分保護作品的價值不受道德批判的影響，因此對世間出現的各種評價進行了評論。當然，之前以約翰．雷伊博士的名字寫過序文，要再以作家自己的名字寫另一篇序文，這讓他有些尷尬。帕特南出版社的《蘿莉塔》中收錄的這篇文章是這樣開始的：

我在《蘿莉塔》中冒充撰寫「序言」的約翰．雷伊之後，現在我自己親自出面說話，人們可能會認為——其實我自己也一樣——我這次冒充的是談論自己作品的弗拉基米爾．納博科夫。即便如此，在這裡也有幾件事情一定要說清楚，也許因為這種自傳式的設定，讀者可能會對作家和登場人物產生混淆。

用納博科夫的話來說，〈吸血鬼〉中登場的作家金英夏也只是冒充我的人吧？作家在自己的作品中出現時，即使不是像〈吸血鬼〉那樣在作品裡硬生生地置入，而是在最後以「作者的話」的形式出現，也可以說作家是在冒充自己。如果寫〈作者的話〉，所有作品都會在某種程度上變成自傳式作品。例如，幾乎沒有任何作家會在出版非常憂鬱的小說時，把作者的話寫得很活潑。作家也是根據小說的氣氛進行某種程度的表演，如果這些成為習慣，讀者就會把小說和作家連結起來，則小說很容易被理解為自傳體。在韓國，作家書寫「作者的話」是由來已久的慣例，但是在美國，作家大部分不會寫這個。因此，納博科夫在美國初版上寫出這樣的文章實屬罕見，而且以約翰·雷伊博士的名義，具有框架小說的設定，在此基礎上再寫這樣的文章，無論如何都是極其不自然的。納博科夫不可能不知道這一點，他必定有不得不寫這篇文章的理由。

納博科夫試圖在這篇「作者的話」中攪亂評論家的解釋。首先，他宣稱「作家的意圖」之類的東西根本就不存在。亦即不要去找主題，這是正面否認約翰・雷伊博士的序文。因為他曾說過，這篇文章的目的是要給予教訓和警覺。納博科夫接著說，自己不喜歡象徵和比喻，而且與弗洛伊德學派不和，所以批評了幾個審稿者的解釋。

有審稿者——在所有方面都是相當有智慧的人……在大致讀完《蘿莉塔》的第一部後，就將這部小說定位為「古老的歐洲玩弄年輕美國的故事」，還有另一個審稿者主張這是「年輕的美國玩弄古老歐洲的故事」。

讀者有時像審訊作家一般閱讀作品。「懷疑作家在作品中所寫的一切」是小說讀者長久的習慣，不能因為是納博科夫自己署名的文章就信以為真。尤其如果文章被放在引起巨大道德爭議的作品後面，我們自然而然地猜到納博科夫批判的某種觀點，實際上是被擊中了要害。

作家沒有任何意圖、不喜歡象徵和比喻，並不意味他寫的小說就會以純粹的狀態被拋在讀者面前。我一看到那些句子，立刻就苦惱著是不是應該把《蘿莉塔》視為是移民者的無意識（雖然納博科夫不喜歡這個詞）的故事。當然，這並不是說納博科夫自己將韓伯特·韓伯特設定為舊世界，即「古老歐洲」的象徵，而蘿莉塔也不是幼稚、放肆的新世界，只在好萊塢電影中出現、沉迷放縱的美國象徵。他反覆主張，自己只是寫了一個中年男人與年幼少女見面的故事。他還揭露，為了防止在小說中美國被解釋為重要的象徵，該小說原本設定是以歐洲為背景的短篇小說。他還說男主角是中歐人，少女是法國人。但無論作家怎樣說，讀者都有權利關注作家的無意識。證據有很多。小說持續呈現主角執著於英語這一陌生外語的形象，因此，這部小說自然而然地被解讀為移民的敘事。美國這個新生帝國雖然青春洋溢，但仍舊是不成熟的世界；雖然充滿魅力，但也投射出對陷入其魅力感到罪惡的歐洲知識份子的內在。

但是，我只不過是個讀者，努力挖掘作家的無意識，努力不去按照作家（納博科夫飾演的納博科夫？）所希望的那樣閱讀小說的理由為何？那是因為閱讀小說的行為是無休止的抗爭。正如前面所說的，小說是一種自然。讀者不能改變它的一點一劃。在探險自然的過程中，讀者感受到所有的痛苦和快樂。就像觀看美麗的雲海而感嘆的登山客一樣，在小說的某些關鍵點上，讀者在感受到美的快感的同時，也感到幸福。但在某些關鍵點上，對於是否要繼續進行這一探險，人們甚至會陷入懷疑之中。有時精神上會感到痛苦不已，有時也會在道德脫序的狀態下掙扎。讀者為了征服小說這個自然，而展開屬於自己的抗爭。可以尋找迂迴之路，也可以揣摩作者的意圖，甚至可以用懷疑的眼光審視小說中的所有句子。

忍受《蘿莉塔》和《異鄉人》等作品的主角和他們非道德、非常識性的行為，或許相對容易也未可知，更難的抗爭正是與作品的魅力對抗。我們為什麼讀多達五百頁的戀童癖回憶錄，為什麼跟隨著因為陽光太耀眼而開槍打死人的角色內在，他說著：「今天媽媽死了。不，或許是昨天吧」，一舉行完葬禮就和女朋友在海邊鬼混；為什麼關注用斧頭殺害當鋪老婦和她的妹妹後，沒有任何懺悔行動的人物。我們閱讀這些作品的理由，是因為納博科夫、卡繆和杜斯妥也夫斯基寫的那些作品讓我們感受到魅力。這些作品吸引著我們不放手，正因為如此，我們才能將這些作品讀完。

作品的魅力讓我們無法離開書籍，但在閱讀的過程中，我們卻始終與默爾索、韓伯特・韓伯特、拉斯科爾尼可夫進行精神上的較勁。對於這樣難以理解、不道德或脫離社會普遍觀念的人物故事，我為什麼會感覺到它們具有魅力？我是怪物嗎？用尼采式的話來說，是不是我觀察黑暗的深淵太長時間？尋求平凡而具有道德的生命的我，竟然會被這樣的故事所吸引，到底是什麼原因呢？我至今為止一直與這些疑問交戰，讀完這一本本書。幸好這些作品被稱為世界名著或經典，以美麗優雅的裝幀製作成冊，並帶著嚴謹的教授解說，才能讓我們安心地將這些書放進我們的書架上。不過那也會有點什麼吧？不是嗎？肯定有點什麼東西，但這並不意味著閱讀這本書的我們就是安全的。有些書與讀者較勁，讀完這些書後，讀者的自我很難恢復到閱讀之前的狀態。我們不得不認定以前難以接受的人物和想法，雖然不同意，但我們會接受這種人物和思想有可能存在於世（不，已經存在）的事實。

第一章裡我曾引用過哈洛・卜倫的話：「閱讀會分裂自我，亦即絕大部分的自我會隨著閱讀散去，但這絕不是悲傷之事。」是的，經由閱讀，我們艱難守護的部分自我會為之分裂，然後重新建構。探險小說這一自然，並克服這些過程，並不是件有趣又愉快的事情。偉大的作品要求我們以自我的一部分為代價來支付。哈洛・卜倫提出的「對影響的不安」概念也很著名，也就是偉大的前輩詩人總是充滿魅力，因此不得不受到一定的影響，但是害怕其影響會蠶食自己這個後輩，於是用這種恐懼與前輩的影響做抗爭，建構自己的世界。這應該不只是適用於詩人的概念。我們抵抗著作家經由作品向我們行使的誘惑，並完成閱讀。雖然有一些我們不同意的看法和無法忍受的人物，但因為文采有魅力或後續情節令人好奇，所以才會繼續閱讀該作品。

登山的人爬上高山後，變得經驗更豐富、更強大。雖然有時會經歷千辛萬苦，但是他們大部分人還是會再次回到山上。他們應該不是為了積累更豐富的經驗和變得強大而上山，只是熱愛在山上的經歷。當被問到為什麼登山時，紐西蘭登山家艾德蒙・希拉瑞（Edmund Percival Hillary）爵士回答說：「因為山就在那裡」。這個單純的答案之所以至今膾炙人口，是因為它是一句最能表達登山者心聲的話語。山本身就是目的，在那裡經歷的經驗、自我的變化，對他們來說只不過是附帶的結果。

我經常被問到我是小說家，為什麼要讀小說？雖然經歷迢遙遠路，但我的答案也像希拉瑞爵士一樣單純，就是「因為小說就在那裡」所以才讀。我閱讀小說超過四十年，我的自我大部分應該已經解體和重組，對他人的理解也變得更深，應該也接納了更多的自己，但當初並不是為了這個目的才讀起小說。雖然認為「好，為了增加肌肉量和變得更健康去健身房」是理所當然的事情，但「為了更加瞭解人類和世界，我要開始讀小說」的決心似乎有些不自然。我們是因為小說具有魅力而親近，一邊抗拒它的魅力一邊閱讀，就是因為它的魅力而重新回歸。與其相比，讀書的目的沒有什麼意義。因為讀小說時，讀者經歷的體驗，其深度和廣度太廣泛、太多樣，無法用讀書的目的來解釋。我們還不知道每個讀者在讀特定小說時會經歷什麼變化，也許以後永遠都不會知道。我們也許不是把小說當作工具一樣「使用」，而是與小說這一自然生活在一起。

人類曾經生活在一種錯覺中，認為大自然是為了人類而存在的。太陽是為了幫助植物生長而在每天早晨升起，水果是為了讓人類摘來吃，鹿是為了被人類食用而在田野上奔跑。但是這種人類中心主義卻不斷解體。太陽並不是以地球為中心旋轉，各種動物也不是為了被人類食用而創造，人類和猴子是沒有什麼差異的物種。就像自然不是為了人類的需要而創造和存在，小說也可能不是為了人類的某種需要而書寫和閱讀的。

正如同我們不前往，山也不會消失，某些小說無論我們讀與不讀，都無疑存在於某個地方。我們知道小說有危險，但仍靠近它，從小說受到強烈的影響，把它當作自己的一部分。讀者閱讀小說可能得不到任何明顯的益處，只是變成讀過那部小說的人。我覺得最好用前面引用的奧罕・帕慕克的話，結束這個章節。

「小說是第二個人生。」

是的，也許那就是全部。

第五天，讀　充滿魅力的怪物世界

小說不會對讀者直接吶喊：「你是個怪物，反省吧！」而是用故事這個糖衣錠包裹怪物的內在，展現其有趣而有說服力的一面，讓讀者得以長時間用數種視角直視怪物。

一九九九年一月，美國付費有線頻道HBO播出《黑道家族》，起初我以為是關於音樂的影集，這完全是錯誤的聯想[5]。這部影集是索波諾家族的故事——這裡所謂的家族具有雙重意義，既意味主角東尼·索波諾的真正家族，也意指東尼·索波諾所屬的黑手黨家族。

我剛開始看到紐澤西的黑手黨中層頭目東尼·索波諾因神經衰弱去見精神科醫生時，以為只是喜劇電影中的一個情節。恰好同年上映了一部名為《老大靠邊閃》的電影。該片也是黑手黨教父保羅·維迪（勞勃·狄尼洛飾）因極度不安症，前往精神科醫生班（比利·克里斯托飾）那邊看診的故事。我還記得當時想到，為什麼美國的黑手黨會開始突然患上神經衰弱呢？

這部影集的播放，是具有里程碑意義的一件大事，《黑道家族》獲得的讚美和熱愛族繁不及備載。迄今為止，該劇共獲得六十個獎項，入圍了兩百三十一個獎項，並獲得

5 《黑道家族》原文劇名 The Sopranos，主角姓氏索波諾（Soprano）和女高音（Soprano）同字。

二十一個艾美獎和五個金球獎。我從二〇〇〇年左右開始看這部影集，每一季ＤＶＤ發售後，都會立即購買，直到最後一季都看過，最近又開始從第一季重新看起。和許多美國觀眾和評論家一樣，我也同意這部影集是當代最偉大的作品。第二次看這部影集時，我開始思考這部作品是什麼讓我如此著迷的。

觀賞《黑道家族》的經驗非常特別。詹姆斯·甘多費尼飾演的東尼·索波諾就不用說了，連伊迪·法柯飾演的東尼妻子卡梅拉，以及其他所有演員的演技都很完美。內容的插曲有機地連接在一起，在探討深奧的主題時，也沒有失去幽默和諷刺。隨著每一季的進展，緊張感並沒有下降，反而之前不起眼的平凡事件、人物軼事在後面都有可能擴大，成為具有可怕力量的事件。我認為，我生活的時代誕生了偉大的作品，能夠幾乎在推出的同一時間欣賞到，真的很幸運。這就像生活在某種類似現實中的經驗一樣。根據美國影集一年推出一季的傳統，《黑道家族》也是一年一次呈現在觀眾的眼前，但是劇中的時間也是設定在這期間過去了一年。在沒見到的一年裡，可以發現童星一下子長大了，東尼・索波諾的肚子也更大，而卡梅拉臉上的皺紋也增加不少。與劇中人物一起生活的感覺，隨著每一季劇情的推移越來越強烈。看這部影集和看一百二十分鐘的電影截然不同，也不同於讀小說。一百二十分鐘不足以探討各個人物的成長和變化。在小說中雖然可能，但給人以如此長時間「共同生活」感覺的小說，在這個時代似乎不再有人創作。不，就算是寫了，或許也沒人讀。那麼《黑道家族》如果是在過去，是否是用影像的語言建構了「大河小說」的故事？

二〇一一年四月十五日，《紐約時報》書評評論了哈佛大學文學教授馬傑里・加伯（Marjorie Garber）的書《文學的使用和濫用》（*The Use and Abuse of Literature*），其中提及《黑道家族》和美國文學大師諾曼・梅勒（Norman Mailer）的發言。據說，這位老作家在某處稱讚《黑道家族》是「偉大美國小說」的文化傳承者，他稱讚《黑道家族》不是一部電視影集，而是一部「文學」。撰寫書評的克里斯多福・R・貝哈（Christopher R. Beha）表示，諾曼・梅勒根本就搞錯了。亦即為了表揚《黑道家族》，完全沒有必要把「文學」拉進來。他主張《黑道家族》這作品，代表電視被某種「身分焦慮」折磨的時代即將告一段落，而為了能被認真看待，也不需要其他東西。也就是說，《黑道家族》已經向人們展現了電視低級、文學高尚的二分法時代即將結束，因此像「偉大美國小說的繼承者」這樣的讚美也並不合適。

《黑道家族》之後，美國影集開始進入黃金期。驚人的劇情密度、複雜的結構和精心打造的角色無窮無盡，並開始探討各種題材。有一段時間，過去巴爾札克和托爾斯泰等偉大作家所從事的工作，似乎真的由HBO、CBS、ABC等美國電視台和製作公司開始製作。從《廣告狂人》、《無間警探》、《冰與火之歌：權力遊戲》等作品來看，電視看來像是發現了電影或小說不能做到的某些領域。

因為我是個無可救藥的小說家，所以實際上在我看來，這個世界上所有的敘事都像讀小說。我之所以真心喜歡《黑道家族》，也是因為它帶給我的「文學」經驗。即使反對的人會說「那根本不是文學」，但我還是會這樣認為。小說並不意味著比影集優越。

小說也像其他所有東西一樣，由極少數的傑作和絕大多數的平凡作品組成。我只是在《黑道家族》等偉大的影集中，喚醒了一度在優秀小說中看到的文學經驗而已。

《黑道家族》中詹姆斯·甘多費尼飾演的東尼·索波諾戲份是最重的。劇中經常被稱為東尼的這個人物是典型的惡棍。幾年前我住在紐約時，曾有機會去看詹姆斯·甘多費尼演的戲劇，雖然那是個親眼看到東尼的機會，但買票有些困難，而且心想以後可能還有這樣的機會，所以暫時打消了計畫，但就在前年[6]突然聽到他過世的消息。他在演出《黑道家族》之前也是很好的演員，但從一九九九年開始以紐澤西黑手黨身分生活以來，所有人都開始記住他是東尼·索波諾。如果現實中有像東尼這樣的人物，將是件很可怕的事情。他殺人毫不眨眼，有時還會殺害同事或老朋友。除了「不要背叛家族」的倫理之外，他對世界上的任何倫理道德都不感興趣。他雖然有忠誠的妻子，但身邊總是有情婦，外遇不停。身材像熊一般高大的東尼生氣的話，那粗野的呼吸聲就會變得可怕。

6 即二〇一三年。

他與其說是人，不如說像是被逼入絕境的野獸。他經常暴飲暴食，抽雪茄，在脫衣舞酒吧喝酒。FBI、競爭幫派，甚至叔叔和媽媽都想殺死他，但他最終生存下來，剷除敵人，守護自己的家族，即妻子、女兒、兒子以及自己的幫派。他雖然偶爾昏厥，但是接受精神科治療、服藥後堅持下去。觀眾熱愛這個可怕的惡人——東尼．索波諾，我也是。喜歡善良的人是一件容易的事，同情受苦的人，把感情融入其處境是很自然的。但是接受一個毫無顧忌、只顧實現自己的欲望，犯下惡行卻不反省的人，並不是一件簡單的事情。《黑道家族》不僅讓我們接受那個可怕的東尼．索波諾，還讓我們同情和喜愛他，這真的不容易。

觀看電影或電視劇時，經常會對惡徒產生好感。《教父》系列的麥可．柯里昂是個殘酷的人物，他殺害背叛組織的親哥哥和姐夫，並在洗禮儀式期間殺害競爭幫派老大，但觀眾可以寬宏大量地理解他為何走上這條路。因為觀眾知道，他原本不想參與家人的骯髒事業，入伍海軍參加了戰爭，進入哈佛大學後，在沒有家人的幫助下，希望依靠自己的力量生活下去。

無論是《蝙蝠俠》系列的小丑（Joker），還是《計程車司機》的主角崔維斯，都是極具魅力的角色。如果充分了解他們的痛苦和遭遇，對於他們的惡行和反社會行為自然也不會感到那麼可怕。但是，在電影中看到的任何一個惡棍都沒能像東尼・索波諾那樣長時間地吸引我。在兩個小時左右的電影中，沒有足夠的時間去審視一個人物的內在並追蹤他的命運。誠如第一篇所說的，現代電影基本上具有古希臘悲劇的結構。人們坐在一起，在可以忍受的時間裡，必須把所有故事都予以壓縮並加以傳達，當中要有開端、矛盾、高潮和大團圓。開啟了電視影集黃金時代的《黑道家族》，沒有必要受到這種時間的制約。第一季有十三集，每集有五十分鐘左右的劇情，這相當於六部商業電影。在六季影集裡，觀眾可以觀賞東尼・索波諾和他家人的故事。如果是電視影集的話，原本只是配角的人物，也會以具有諷刺意味的描繪探索其內在（例如最熱烈崇拜義大利傳統的黑手黨幫派成員保立，後來得知自己是俄羅斯軍人的兒子後，受到了嚴重的衝擊）。

我持續收看六年東尼．索波諾的惡行，對他的同情心始終沒有消失。雖然不知道諾曼．梅勒從《黑道家族》的哪裡發現「文學性」，但我認為這個黑手黨故事具有文學性，因為它認定了可怕的他者，還讓我們的內在完全接受。《黑道家族》給予我的東西，和我在偉大文學中經歷的相同。評論家申炯哲對弗拉基米爾．納博科夫的《蘿莉塔》的評論，也可以同樣適用於《黑道家族》。

雖然「蘿莉塔情結」一詞讓人誤以為不需要閱讀《蘿莉塔》這本小說，但這句話並不能瞭解一個人，而是會誤解。理解這部小說男主角的唯一方法，只有從頭到尾讀完這本小說。只要正確閱讀，我們就可以揚棄「蘿莉塔情結」一詞，重新審視無罪推定的原則。然後也會明白，他人不是單純的壞人，我不是複雜的好人，我們一般都是複雜的壞人。

東尼・索波諾也不是「單純的壞人」。他徹底受到以自我為中心的母親的折磨，觀眾目擊到，讓所有人渾身發抖的黑手黨老大，在年老、狡猾的母親面前，回到了被藐視和虐待的兒童時期。此外，他是飽受各種麻煩問題困擾的家長。女兒服用迷幻劑，兒子一天到晚只會惹事闖禍。吸毒成癮的姪子表示要寫電影劇本，似乎要主動揭發幫派的祕密。ＦＢＩ不斷縮小調查範圍，他與妻子的關係也不平順。情婦不是提出無理的要求，就是打電話到家裡威脅他，而其他幫派成員則是背叛他或遭到殺害。他雖然是王，但人們只是不斷地要求他，我們最終會開始憐憫他。因此，我們接受東尼是「複雜的壞人」，並愛上了他。同時，喜歡他的我們也承認自己是「複雜的壞人」。

這裡有著《罪與罰》裡拉斯柯尼科夫的影子。這個青年是因為拖欠房租而躲避房東的貧困知識份子，從小說一開始就決心殺人。

他窮得不得了，但最近對那種急迫的事他卻不再煩惱了，他完全不在乎日常生活，也不想在乎。

他之所以不在乎自己的迫切情況，是因為他正計畫殺人。他不在乎房租、貧窮等「日常」，只是準備著自己的「妄想」，即殺人。對他來說，日常生活是令人厭煩的，殺人則是具有超越性的。他走向七百三十步外的當鋪，是為了殺死老婦人而事先進行考察。他仔細地觀察老婦的家裡，熟悉其面容。得知老婦的妹妹麗莎維塔外出後，他偷了斧頭藏在外套裡，然後去了當鋪。老婦人想到自己一人在家，而且對猛然把門拉向自己的拉斯柯尼科夫有不祥的預感，不願開門。但是他用蠻力打開門，進入公寓。老婦人用「充滿懷疑的眼神仔細地瞪著他」，這是很自然的。因為一個力量弱小的老太婆看著男人闖進裝滿貴重物品和現金的地方，她的眼神不可能友善。但是，拉斯柯尼科夫認為「她的眼睛裡閃現某種嘲弄的光芒」，所以這樣問她：「為什麼那樣看我，好像不認識的人一樣？」作者寫道，他「感到憤怒」。這雖是做賊的喊抓賊，但另一方面也是非常有趣的反應。為了強盜殺人而進了老婦人的家，但他只覺得隱約察覺到他計劃的人是在嘲弄自己，而閃現懷疑和充滿敵意的眼神。最終，他用斧頭重擊觀看銀製菸盒的當鋪老太婆的頭頂。杜斯妥也夫斯基徹底從拉斯柯尼科夫的視角描寫了殺人場面。個子較高的他俯視著老婦人的頭頂。

他將斧頭完全拿出來，然後用雙手舉起斧頭，幾乎沒有用力，反射性的朝她的頭重擊下去。起初他似乎完全沒有用力，但隨著重擊，突然生出巨大的力氣。老婦人一如既往地縮著髮髻，白髮中夾雜著金髮，她的頭髮稀疏，像平時一樣抹著油，像老鼠尾巴似的紮成辮子，盤在她後腦勺上。因為她很矮，所以精確擊中頭頂。她尖叫著，但不過是個極其微弱的聲音。她艱難地把雙手舉過頭頂，但很快就癱倒在地板上，一手還拿著「典當品」。此時，他用盡全身力量，再次向頭頂砍去。如同翻覆的杯子裡灑出水來，她血流如注，頭朝上仰，向後倒下。

這時，出乎他的預料之外，麗莎維塔回來了，並發現姐姐頭頂裂開慘遭殺害。拉斯柯尼科夫毫不猶豫地也把她殺死了。麗莎維塔與令人厭惡的當鋪老婦人不同，是個善良而脆弱的人。這樣的她被殺害時，讀者不由自主地開始害怕拉斯柯尼科夫這個人物。

> 麗莎維塔站在房間的正中央，手裡拿著一個大包袱，失神地望著被殺的姐姐。她的臉孔因為恐懼而發白，看起來連喊叫的力氣都沒有。看到衝出來的他，她的全身不由顫抖起來。她的臉孔抽搐。她舉起手來想要張口，但還是沒喊出聲來。為了躲避他，麗莎維塔慢慢地開始退到角落裡去。她目不轉睛地看著他，但依然無法大聲叫喊，彷彿喘不過氣來，發不出聲音。他拿起斧頭朝她撲去，她的嘴唇哀求似的扭曲，就像孩子們在受到什麼驚嚇時，瞪著嚇到自己的對象，想大聲喊叫的模樣。可憐的麗莎維塔太過單純，而且受到虐待，所以總是膽怯不已，連舉手遮住臉的動作都沒有想到。斧

頭就在她眼前的那一瞬間，那種動作是最必要的，也是最自然的。她稍微舉起什麼東西都沒拿的左手，但遠遠低於她的臉孔。然後她慢慢地向前伸出手，似乎想用力推開對方。重擊準確地擊中了頭蓋骨，斧頭穿過前額，一直砍到頭頂，幾乎把她的頭劈成兩半。

杜斯妥也夫斯基執意用拉斯柯尼科夫的視角描寫犯罪者的行為，就像納博科夫用韓伯特．韓伯特的眼睛凝視著蘿莉塔。拉斯柯尼科夫像拍照似的觀察死在自己手上的犧牲者，如同是在看著用慢鏡頭拍攝的恐怖電影場面。拉斯柯尼科夫想要離開犯罪現場。他收拾好價格昂貴的東西和現金後，用肥皂水冲洗沾著血液的凶器，正想離開公寓時，恰好遇到前來訪問當鋪老婦的人們。他下定決心，心想既然都已經這樣了，就連他們也一起殺了，於是拿起斧頭。但是，就在他們去樓下找警衛時，他成功逃出了那棟房子。

這一切都發生在小說起始部分的第一章，讓人很難接受主角拉斯柯尼科夫。他是一個典型的殺人狂，沒有任何辯解的餘地。就像大部分的殺人犯，他計算出只要克服「失去理智和喪失意志的現象」，即使殺了人也不會被逮捕。

他思考著一個問題，那就是「為什麼幾乎所有的犯罪都那麼容易被發現和暴露？為什麼幾乎所有罪犯都會留下明顯的痕跡呢？」他逐漸得出各式各樣有趣的結論。按照他的想法，最重要的原因不在於實際上不可能掩飾犯罪，而是在於罪犯自己。罪犯本身幾乎無一例外在犯罪的瞬間，即在最需要理性和謹慎的那一瞬間，總會喪失理性或意志，反而像孩子一樣陷入異常的輕率當中。……他斷定自己不會在這次的事件上產生那種病態的變化。他認為自己在執行這次計劃時不會喪失理性和意志。他之所以能如此斷定，唯一的原因是認為他自己的計劃「不是犯罪」……「執行時，只要維持意志和理性就可以。如果對事情的一切細節都瞭若指掌，所有的困難都會適時克服……」

他相信自己的計劃不是犯罪（殺人不是犯罪的話，到底什麼是犯罪呢？），只要靠意志和理性明智地行動，不被逮捕就行。這種人是最危險的，如果身邊有這種人，最好趕快躲開為妙。杜斯妥也夫斯基在《罪與罰》的起始安排了這種可怕的連續殺人，其意圖非常明確，就是要挑戰讀者。要麼接受拉斯柯尼科夫，要麼闔上小說。沒有闔上小說的讀者，現在開始必須和一個叫拉斯柯尼科大的怪物一起生活，就像我和東尼·索波諾一起度過了六年的時光。

這個殺人犯厭惡自己。殺人之後，他同時感受到恐懼和自我厭惡。他憎恨自己躲避房東的膽怯。他心想「都已經計劃殺人了，竟然還害怕這種瑣碎的事情（催繳房租）！」。讀者接二連三地發現他的弱點。他被辭退家庭教師一職，用母親的年金維持生活，竟想用無用的幻想來防禦自己。他前往當鋪進行事前考察的場面，引起了讀者的失笑。

「這支手錶能換到多少錢呢？阿廖娜·伊凡諾夫娜？」

「年輕人，你平常就只是戴這種便宜的東西啊？這種東西根本不值錢。上次的戒指我雖然給了你兩盧布，但是那樣的戒指去紀念品店買的話，一盧布半就能買到新的了。」

「妳給我四盧布吧，我一定會來贖回去的，這支手錶是父親的遺物。我馬上就會有錢的。」

「我給你一盧布半，再扣掉利息，如果你願意的話。」

「什麼？一盧布半？」青年喊道。

「年輕人，隨便你吧！」老婦人把手錶還給他，青年接過手錶，氣得想馬上離開。但在那一瞬間，他想起自己再也沒有可去的地方，而且來這裡另有別的目的，於是改變了主意。

「好吧！」他粗魯地說道。

他即將殺人，那麼手錶是四盧布還是一盧布，其實都無所謂，但老婦人一砍價，他就忘記了一切，只感到憤怒。就像殺人不眨眼、在朋友西餐廳縱火的東尼・索波諾，被不瞭解自己真心的固執母親激怒一樣。母親雖然拋棄了東尼，但我們就是從這樣的時刻一點一點地接納他，因為看到了他的弱點。沒有人是毫無弱點的，所以我們認為他和我們相同。杜斯妥也夫斯基並不認為殺人是冷酷機器的行為，他認為那是和我們有著相同極限的人所犯下的行為。具有極限的人對瑣碎的事情感到憤怒，幻想著能做出怪異且大膽的事情，但卻必然會陷入傷感的情緒中不斷掙扎。

杜斯妥也夫斯基在歐洲的邊陲地帶發表《罪與罰》的二十一年後，英國的柯南・道爾出版福爾摩斯登場的第一部作品《血字的研究》。隨著福爾摩斯系列在商業上大獲成功，柯南・道爾將無數殺人犯當作祭物獻給名偵探。

我和許多兒童一樣，也沉迷於福爾摩斯系列，幾乎瘋狂讀完所有作品。福爾摩斯系列的大部分作品中，都反覆出現似乎無法解決的殺人案件，然後福爾摩斯和他的助手華生博士一起趕到現場後，找出犯人。在解決問題的過程中，華生被福爾摩斯催促應該儘快前往某處，不知所措的華生跟著前往，但總會看到福爾摩斯以無人關注的線索為基礎，魔術般地解決事件的場面。小時候總是「哇！」一聲感嘆，但隨著年齡增長，重新閱讀這些作品時，我才明白福爾摩斯在解決事件時，為什麼看起來像「魔術」。嚴格說來，柯南・道爾不是在與讀者進行公平的遊戲。福爾摩斯動輒對華生說：「去看了以後，你也會知道的。」自己緊握著線索不放，直到最後的瞬間才公開。這其實可以說是犯規，因為讀者不知道劇中人物福爾摩斯知道的事情。儘管如此，我們還是對福爾摩斯感嘆不已，也許是因為他的事後說明總是像齒輪咬合一樣準確，而且態度充滿自信。

如果華生代替平凡的讀者，模仿福爾摩斯找到線索，並試圖經由這些來說明什麼的話，福爾摩斯一開始會稱讚華生很不簡單，但很快就會找出決定性的錯誤，開始突顯自己厲害之處，這些場面在很多作品中反覆出現，因此模仿這些事件的笑話也經常流傳下來。其中我最喜歡的是這個：

福爾摩斯和華生博士一起去露營。他們搭配紅酒吃了美味的晚餐後，很快就睡著了。

大約幾個小時後，福爾摩斯叫醒了這位可靠的朋友。

「喂，華生，告訴我你看著天空能看到什麼？」

「能看見數百萬顆星星。」

於是福爾摩斯又問他：「你知道那意味著什麼嗎？」

華生稍作思考後回答道：

「從天文學上來說，存在數百萬個銀河系和數十億顆恆星；從占星術上來說，土星位於獅子座，可知現在大概是三點零五分左右；從神學上來說，神是全能的，人類是微不足道的；從氣象學來看，明天的天氣會非常晴朗。大概是這些吧，你覺得怎麼樣？」

福爾摩斯沉默了三十秒左右，突然開口：

「我知道有人偷走了我們的帳篷。」

這個笑點在福爾摩斯系列中反覆出現：華生說錯了，福爾摩斯教導他。福爾摩斯就像神或機器，向人類提問並自己給出答案，這次他也給出了正確的答案。但這個笑話的關鍵點在於，如此完美的人物竟然沒發覺有人偷走了帳篷，還安然地睡著。當他卸下完美的模樣時，我們才能笑得出來

福爾摩斯「處理」了許多惡棍，他讓世界重新找回和平。依據福爾摩斯特有的邏輯推論找出犯人後，由社會予以清除，因此，與其說犯人是具有現實感的存在，不如說是像機器一樣完美運轉的社會的污點。為了補充不足的現實感，小說從讀者生活的英國社會之外召喚了那些惡棍。起初是在遠離倫敦的鄉村出現的美國摩門教徒或殖民地原住民。他們是從遙遠的地方出現的外人，一旦被清除，就不會令人感到有威脅。反過來說，我們應該接受的他者，可能不是來自殖民地的原住民或摩門教徒，而是福爾摩斯也說不定。就像唐吉訶德和愛瑪·包法利，他也是文學史上突然出現的奇怪人物。他也許不是惡棍，但確實是怪物。

福爾摩斯的怪物性，在二十一世紀英國BBC製作的影集《新世紀福爾摩斯》中生動呈現。在尖端電腦圖像的幫助下，福爾摩斯再度顯現其超凡的能力。因為他被描述成能分析、處理所有看得見的線索和情報，身為機器，他的特性在這部影集中被誇大得更加極端。金容彥在《犯罪小說》中分析了福爾摩斯的非人類特性。他注意到福爾摩斯宣稱自己「我是大腦」，並說「我身體的其他部分只是單純的附屬器官而已」，他指出福爾摩斯對人類的深層內在和道德毫不關注，因為他連最親近的華生，也可以毫不猶豫地挖掘其過去。無論是委託人還是犯人，都不會與福爾摩斯發展個人關係。對他來說，只有頭腦遊戲才是最重要的。「如果對對方懷有某種感情，就無法進行冷靜的推理。迄今為止我所見過最有魅力的女性，因為貪圖保險金而毒死三個孩子，她也因此被處以絞刑。」福爾摩斯觀察屍體的表情「像是化學家在觀察飽和溶液形成結晶般安靜沉穩」。無論是犧牲者還是犯人，對福爾摩斯來說都只不過是客體而已。這樣的人物如果不是怪物，還有誰是怪物呢？他雖經由清除犯罪份子幫助社會恢復穩定，但這並不是為了社會，而是根據自己的本性產生的結果而已。

小說的歷史也是怪物的歷史。弗蘭肯斯坦博士的實驗室裡誕生的人造人，布蘭姆・史托克（Bram Stoker）小說裡吸食女人血液的德古拉伯爵，以及《咆哮山莊》中徹底報復並摧毀自己收養家庭的希斯克里夫都是如此。湯瑪斯・哈里斯（Thomas Harris）一九八八年發表的驚悚小說《沉默的羔羊》中，漢尼拔・萊克特（Dr. Hannibal Lecter）雖是道德上無法容忍的連續殺人犯，但在文學上無疑是令人難以忘懷的怪物。這部作品由強納森・德米（Jonathan Demme）導演執導，於一九九一年上映，因為飾演漢尼拔・萊克特的安東尼・霍普金斯，以及飾演ＦＢＩ探員克麗絲・史達琳的茱蒂・佛斯特，同時獲得奧斯卡最佳男、女主角獎而成為話題。漢尼拔・萊克特以烹煮被自己殺害的人而聞名，因此被叫做「食人族漢尼拔」，這樣翻譯無法體現其綽號所具有的奇妙語感，漢尼拔嘉年華（Hannibal the Cannibal）似乎更好，不但正確押韻，再加上嘉年華這個詞的多種含義，讓人感覺殺人像是某種慶典，所以氣氛更顯陰森。

抱著這種想法站在書店的小說專櫃書架前時，不禁要問：為什麼小說會如此熱愛怪物？我想起很久以前一位讀者曾指出某部小說的內容，為什麼如此細緻地揣度加害者的內心，卻對被害人的痛苦漠不關心？那部小說中的加害者性侵女性，但是小說的時間背景是在事件發生以後，再加上開頭的敘述者就是強姦犯，所以沒有探討被害人的情況。那位讀者的問題完全可以理解。既然是作家創造的世界，不也可以加入受害人的痛苦部分嗎？我認為也許那個讀者真正想要的是更重視受害人的痛苦，而不是加害者，這樣的文學不是更需要嗎？這主張也很合理。

相反的，電影《青春勿語》（한공주）是從受害人——十七歲少女的視角來看事件。從她眼中看到的世界是充滿仇視的。那些精力充沛、毫無節制力的十幾歲少年，實在是冷酷無情，曾經信任的朋友也屈服於權力，將少女交給強者。我對這部作品印象很深刻，受害的十七歲少女眼睛裡看到的這個世界真是可怕，因為這是我從未經驗過的視線，所以更是如此。但是在將加害者概括為「單純的壞人」後，我並不認為應該將受害人描繪

成「複雜的好人」。

小說的世界充斥著日常世界中不允許存在的東西，而且我們為了體驗這些事情而翻開書頁。例如威廉．高汀（William Golding）的《蒼蠅王》中的少年又是如何？漂流到無人島的他們沒過多久就忘記了文明，開始變得野蠻起來。他們越來越殘忍地獵殺和虐待野豬。在讀小說的過程中，如果突然意識到他們之中年齡最大的孩子是十三歲，就不由得起雞皮疙瘩。（「幸好」這部小說裡沒有少女登場，如果真的出現少女，會發生什麼事情自然是不言而喻，也許高汀不希望將焦點分散在這方面。）該作品描寫人類內心潛在的殘酷性，隨著作家獲得諾貝爾文學獎而變得舉世聞名。雖然女性沒有登場，但該作品有動物被殘忍殺害的內容，會給熱愛動物的讀者帶來無法想像的痛苦。即便如此，也不會有人要求威廉．高汀要重視遭到獵殺的動物觀點。電視時事節目所需的平衡報導，在文學作品中幾乎不受重視，因為文學中的均衡以複雜微妙的方式發揮作用。

讀者看到《蒼蠅王》等作品，心裡自然會不舒服。所以，雖然覺得這部作品很有魅力，但在讀完之後，還是願意相信這部作品是想探討其他看來比較不會不舒服的隱喻。一般都認為《蒼蠅王》是在隱喻第二次世界大戰中人類的殘酷，雖然不知道威廉・高汀是不是也如此說過，但即便作者自己也如此說過，也不能百分之百相信。因為在很多情況下，這種「隱喻」被用來迴避對作家自身的道德譴責。這種辯解也許在當下能將作家從危險中解救出來，但由於限定作品的意義，將其囚禁在道德內，所以會成為問題。職是之故，當被問及自己的作品是不是在象徵什麼時，第一流作家都會回答不是。他們毫無例外地說道：「請如實觀看作品」。納博科夫在後來撰寫的《蘿莉塔》序文（我在第四篇曾提到過）中寫道自己不喜歡比喻，這部作品不是對任何東西的隱喻或象徵，我認為這正是為了避開這種危險。當然，現在如果去參加電影節的話，也一定會在「與導演對話」的時間裡遇到這樣的提問：「電影裡的這些場面難道不是什麼什麼的象徵嗎？」偶爾也會看到新秀導演被牽著鼻子，認可觀眾的解釋（「啊，是的，這樣看來好像是這樣啊」）。

小說和電視時事爆料節目有不同的功能。時事爆料節目擁護弱者，舉報強者，想要導正社會的正義。因為存在亟待導正的問題，如果放任不管，將成為無法挽回的事情。砍伐數百年的樹木、污染河流是必須立即停止的事情。但是文學很難起到這種緊迫的舉報作用，其影響力也不強。因此，文學是靜靜地呼籲並說服每個讀者的良心和內在。小說關注加害者的內心，並不意味就是擁護加害者，小說是想把加害者的內在呈現在我們面前。在新聞中，可以看到有人舉著寫有受害者名字的牌子高喊「我們是查理週刊（Charlie Hebdo）／艾瑞克．加納（Eric Garner）／伊拉克」，呈現出與受害人的共同意識。相反的，小說經由訴說我們是拉斯柯尼科夫、韓伯特．韓伯特、希斯克里夫，解除讀者內在的自以為是。這並不是說要和加害者聯合，而是讓相信自己是「複雜的好人」的讀者覺得，自己內在是不是也存在這樣的怪物。加害者的內在在某種程度上具有魅力，一方面是因為這也是讀者的內在。沒有人能長久地閱讀「單純壞人」的故事，「複雜好人」的故事雖然比較有趣，但絕對比不上「複雜壞人」的故事。

對於我們如此關心「複雜壞人」的故事，演化心理學家說明，這是人類利用了對他人的恐懼心理。我們總是懷著他人可能對我產生敵意的恐懼而進化，而且只有不會忘記這種恐懼的遺傳基因才能進化、留存到現在。我同意上述的話，但我認為僅憑這些並不能說明小說存在的意義。我認為小說就像利用人類原始的恐懼入侵的病毒。雖然我們因為害怕他人隨時可能突然變成加害者，而開始閱讀怪物登場的小說，但藉由閱讀有效利用這種恐懼感的作家和作品，我們也可以省察自己成為加害者的可能性。演化心理學家應該很清楚演化充滿了這種不符常理的附屬品。當義工、捐血、領養孤兒等行為，看似違反人類遺傳基因中的自私本性，但實際上是經由合作進化過程中的正面附屬品。就像一起打獵時期的協同精神、同理心發展為現代大規模的博愛活動，閱讀小說的行為也是從對他人的警戒心開始，向著省察自己內在動物性和怪物性的方向發展。

小說不會對讀者直接吶喊：「你是個怪物，反省吧！」而是用故事這個糖衣錠包裹怪物的內在，展現其有趣而有說服力的一面，讓讀者得以長時間用數種視角直視怪物。我們既不是拉斯柯尼科夫，也不是東尼·索波諾，不是韓伯特·韓伯特，也不是《蒼蠅王》的少年。大致上，我們並沒有犯下那麼嚴重的罪行，但是沒有人敢斷言我們的內在完全沒有這種潛意識。因為正如古希臘人所相信的，人類的性格只有經由考驗才能呈現，而我們很可能還沒有經歷充分的考驗。我們總是不瞭解自我，小說應該不是揭露我們自身祕密的唯一方式，但是很明顯的，它絕對是其中之一，而且還是其中最奇怪的，所以，我們今天也為了與新的怪物相見而翻開書頁。

第六天，讀　讀者，在書的宇宙裡旅行的便車旅人

書不能獨立存在，每本書都是在其他書籍所具有的各種力量作用下誕生的，之後開始影響其他書籍。……就像星星數百、數千年前發出的光芒直到現在才進入我們的視網膜，書籍也會超越遙遠的時空到達並影響我們。

讓我們再次回到波赫士身上。他因為把宇宙想像成一個充滿六角形陳列室的圖書館而知名。

猶太人的神祕釋經學《卡巴拉》（*Kabbalah*）說，神創造世界後從六個方向封印。波赫士也許受此影響，將圖書館，不，宇宙想像成六角形。眾所周知，圖書館是收集書籍的地方。無論是誰，只要進入那裡，都會感到某種神聖性。因為很多作者已經不是這個世界的人了，所以感覺書本像是墓碑。那個地方是死者和活人最能和平共處的空間，從嚴謹的意義上說，幾乎沒有人在乎作者是死還是活。最能切身感受到「作家被埋在自己寫的書裡」這句話意義的地方就是圖書館。與安伯托．艾可（Umberto Eco）對談的尚—克洛德．卡里耶爾（Jean-Claude Carrière）說：「我去了一個有大量書籍的房間，但一本也不拿，只是看著。那樣的話，就會得到一些很難解釋的東西。可以說是某種強烈的興趣，也可以說是一種安心的感覺」，這時如果是熱愛書籍的讀者，可以立刻猜出那是什麼感覺。

圖書館是宇宙這句話，越是反覆咀嚼，越是意味深長。宇宙中的事物都是連著的，如果沒有宇宙中存在的四種力量，即構成巨視世界的重力和構成微視世界的電磁力，以及構成極微世界的強力和弱力，宇宙就不會存在。這些力量使宇宙中的所有存在相互吸引、相互排斥，從而相互影響。書的宇宙也與此相似，書不能獨立存在，每本書都是在其他書籍所具有的各種力量作用下誕生的，之後開始影響其他書籍。圖書館把相互影響程度大的書籍分類、彙整起來，不管怎麼說，同一領域的書籍相互影響較大，因此西方哲學書籍和西方哲學書籍收集在一起，法國小說和法國小說收集在一起。但即便如此，不同分類的書籍之間也並非沒有交互作用的力量，只是大致上比較弱而已。

小時候，我和其他人一樣，從來不認為書籍是相互連結的，而只是閱讀。甚至都不知道《十五少年漂流記》的作者和《海底兩萬里》的作者是同一人，因為當時認為只要閱讀有趣的故事就可以了。但隨著閱讀越來越多的書，我感覺到每本書並非像孤島般單獨存在，而是像蜘蛛網般緊密相連。後來，小說和小說如何連結在一起，就像偵探類推看似無關的事件和事件之間的關係，收集和分析每一個線索，以此為基礎，產生了完成小說這一巨大世界地圖的欲望。

人類都想瞭解自己生活的世界。魯賓遜・克魯索（Robinson Crusoe）因遭遇海難而漂流到無人島，他一安頓下來，便開始四處踏訪。他想知道，這真的是孤立的島嶼嗎？那個島上除了自己以外，沒有其他人嗎？那當然是一種欲望。如果讀者也踏進小說這個世界，如果希望繼續生活在那個世界，那麼自然就會想要知道那個世界有多深、有多寬廣，以及現在自己的位置在哪裡。著名出版社出版的世界文學全集，能引導我們瞭解這個世界的地標和大致地圖。他們大致上建議從荷馬、奧維德和莎士比亞出發，並提出到十九世紀為止大致相同的路徑。但是進入二十世紀後，道路開始變得有些混亂。有一段時間大家都認為是經典的作品，例如毛姆（William Somerset Maugham）的《月亮和六便士》和紀德（André Paul Guillaume Gide）的《窄門》等作品最近開始漏掉，代之以補充其他新的作品。但是，如果說有什麼是不變的，那就是無論是目錄中漏掉的作品還是新收錄的作品，它們都屬於小說這個巨大的世界，是受到其他很多作品的影響而誕生，也對其他作品產生了影響。

因為小說是如此相互連結，所以作家最常被問到的問題是「您受到哪些作家的影響？」這是非常自然的，我也曾經無數次被問到這個問題。這主要是針對新進作家，讀者為了更瞭解不熟悉的新進作家而提出這個問題。就像電影《朋友》中問「你爸爸做什麼工作」的級任老師一樣，讀者要求作家列出喜歡閱讀的作品清單。但是長期寫作的作家、已經成名的作家，可能會對這樣的問題感到不快。因為他們認為經由發表過的作品完全可以推測出來。我在韓國幾乎不會再聽到這樣的提問，但在海外仍然經常被問到這個問題。幾年前曾與一位前輩作家在法國舉行過活動，當法國記者問他這個問題時，他沒好氣地反駁說「受影響的時間太久了，記不起來了」。相反的，米蘭．昆德拉詳細記述自己受到影響的譜系，有時還會更新這些譜系，試圖確定自己在歐洲小說中的定位。透過《小說的藝術》和《簾幕》等著作，昆德拉確立了塞萬提斯—拉伯雷—福樓拜—卡夫卡的歐洲小說框架，然後細部則用來自中歐的作家填滿，並將自己定位為潮流的繼承者。因為他是優秀的作家，乍看之下會覺得這就是歐洲小說文學的流派，但是隨著時間經過就會明白，他遺漏或繞過了許多優秀作家的作品，例如巴爾扎克、維克多・雨果、歌德等。

他對影響和譜系的自我意識比其他任何作家都要強，這點經常體現在他的發言和作品中。他在一九八五年耶路撒冷獎獲獎演說裡，只提到四位作家，那就是福樓拜、拉伯雷、勞倫斯・斯特恩（Laurence Sterne）和托爾斯泰。在他的代表作《生命中不能承受之輕》中，登場的小狗名字叫卡列寧，這絕非巧合。如果讀者對小說之間的關係非常敏感，從主角托馬斯和特麗莎飼養的小狗名字竟然是卡列寧一事就能推測，昆德拉是不是想用自己的方式重寫《安娜・卡列尼娜》。

托爾斯泰的安娜拋棄了丈夫卡列寧和孩子，選擇年輕男子佛倫斯基，在經受各種考驗後，最終跳向奔馳的火車，結束了生命。昆德拉的特麗莎也因可疑的交通事故結束了生命。選擇花花公子醫生托馬斯，經歷了人生的巨大變化和痛苦，這一點也很相似。托馬斯雖然是醫生，但他卻深深沉浸在索福克里斯執筆的《伊底帕斯王》裡，他寫了一篇關於該作品的文章，於是在政治上失勢。他像伊底帕斯王一樣聰明、有魅力，但在共產主義統治下，這成了毒藥。我們僅憑一本《生命中不能承受之輕》就能找到無數的連結點。如果是一位充滿好奇心的熱情讀者，就會沿著這些連結點擴大閱讀的範疇。過不了多久，書的世界就會是「巴別圖書館」，所謂宇宙，就像波赫士那部著名的短篇小說題目，約略可推測出是由「無止境的兩條岔路」組成的世界。

正如宇宙的一切都連結在一起，小說的世界也連結在一起。薩蒙・魯西迪（Salman Rushdie）在生命受到威脅的逃亡生活中，為兒子寫下美麗童話《哈樂與故事之海》，書裡有專門講述故事的人拉西德和他的兒子哈樂登場。

哈樂經常認為父親是馬戲團雜耍演員。就像雜耍演員同時轉動幾個球一樣，拉西德把各種故事說得讓人頭暈目眩，但一次也沒有出錯過。那麼多的故事究竟是從哪裡來的呢？拉西德只要微笑著張開嘴，魔法故事、愛情故事、公主故事、壞叔父故事、胖嬸嬸故事、穿著黃色格紋褲的大鬍子惡棍故事、夢幻般的風景故事、懦夫故事、英雄故事、戰爭故事、五六首有趣又朗朗上口的新英雄故事都會蹦出來。……

「不要這樣，請教教我。那些故事到底是從哪裡來的？」

每當哈樂堅持問他時，拉西德都會神祕地挑著眉毛，手指在空中比畫出魔女施法時的手勢。

「是來自廣闊的『故事之海』，只要喝溫暖的『故事之水』，就能感受到像溪水一樣流淌的故事將我填滿。」

聽了這話，哈樂反而心急起來。

「那爸爸你把溫水保管在哪裡？應該是放在保溫瓶裡吧，但我從來沒見過那樣的東西。」

「熱水是從『水的精靈』裝設的隱形水龍頭流出來的。」拉西德沒有笑，而是認真地說道。「如果想喝，就要訂購。」

「要怎樣才能變成訂戶？」

「啊，那個太複雜了，沒辦法解釋。」

是的，故事來自故事之海。因為書是由方形的紙張組成，而且開頭和結尾分明，所以我們把每本書都想像成是一個獨立而完整的個體。但正如魯西迪所洞察到的，書也許是獨立的，但其中蘊含的故事像水和大海一樣會流動。它會流淌、匯合、分岔，會「填滿」人的內部。因此，讀者是能夠喝到從故事的大海中流出之溫水的「訂戶」。

我們在觀看莎士比亞的《李爾王》時，自然而然會想起索福克里斯執筆的《伊底帕斯王》。兩位國王出場後，在戲劇初期都是充滿自信、充滿活力的，後來陷入自我幻滅，最終走向沒落。眼睛瞎掉的伊底帕斯牽著女兒的手離開德爾菲，李爾握著死去的寇蒂莉亞冰冷的手，悲痛不已。敏感的讀者不會停止尋找看似毫無關係的兩部作品之間的連結，這種探索也不會減少讀書的快感。薩拉馬戈的《盲目》和卡繆《瘟疫》的相似性非常明顯。在城市裡傳播著未知的傳染病，城市被封鎖，與之對抗的主角開始抗爭（當然薩拉馬戈描述的前景更加黯淡。因為城市就要淪為荒謬的失明之地，人類在動物狀態下展開群體抗爭）。相反的，如果說卡夫卡的《審判》和卡繆的《異鄉人》有所相關，恐怕很多讀者會大為吃驚，因為兩者乍看之下很難找到相似之處。但是我在大學講授「閱讀經典」的課程時，有名學生主張兩部作品之間的相似性，對此，很多學生立即表示贊同，說：「我們也那麼認為。」我也覺得卡繆深受卡夫卡作品影響，尤其是從《異鄉人》中可以強烈感受到約瑟夫．K的影子。

法蘭茲．卡夫卡的《審判》是這樣開始的。

> 一定是有人中傷約瑟夫．K。因為他似乎沒有做什麼特別壞的事，某天早上就突然被

逮捕了。

相反的，《異鄉人》中的默爾索做出了「特別壞的事」，他開槍打死了阿拉伯人。但是在他被捕、起訴後發生的事情，與約瑟夫·K發生的情況相似。比起殺害阿拉伯人，他因為一連串與母親葬禮有關的事情而受到更大的譴責。卡繆在這部分用了很多章節記述。

審判長說，表面上看來與我的案件無關，但也許現在得查明這些關係非常密切的問題。

葬儀社的一名職員說我不知道我母親的年齡。

我說不想見母親，抽菸，睡覺，喝了咖啡牛奶。當時，我感覺到有些事情引起整個法庭的騷動，我第一次意識到自己是罪人。

瑪麗雖然不想說話，但在檢察官的堅持下，說出了我們去海水浴場、看電影以及最後來我家的事實。檢察官說根據瑪麗在搜查過程中的陳述，他調查了當天的電影片名。檢察官還要瑪麗本人說明當時看了哪部電影。瑪麗用細微的聲音說是費南代爾的電影。她說完話時，法庭鴉雀無聲。檢察官一臉嚴肅地從座位上站了起來，以一種我覺得怒氣沖天的聲音，用手指著我，慢慢地一字一句清楚說道：「各位陪審員，在母親去世的第二天，這個傢伙去海邊游泳、發生不正當關係，還嘻嘻哈哈地看了喜劇電影。我不必再多說什麼了。」

莫爾索的律師忍無可忍，辯稱他的當事人究竟是因為母親的葬禮被起訴，還是因為殺人被起訴？檢察官嘲笑律師的天真，並這樣說道：

檢察官再次從座位上站起來，……指出他不得不感到這兩件事之間有著深沉、本質上的關係。檢察官斬釘截鐵地喊道：「是的，因為這個傢伙是以罪犯的心態為母親舉行了葬禮，所以本檢察官才會起訴他。」

到了審判的最後，根本就是本末倒置。莫爾索有罪並不是因為他犯罪，而是因為明顯具有罪犯的心態，所以有罪。近代是合理性的時代，要想做出有罪判決，必須有相應的證據。心態不是近代刑法的領域，但是檢察官主張莫爾索因為有這種心態，堅決認定他有罪。卡繆看透了近代的合理性背後依然蜷縮著前近代的不合理性。莫爾索不是個會假裝的人，對於這種人我們會說他們是天真的。他並沒有扮演失去母親的兒子應該有的社會行為，事實上，他正因為如此永遠不會被這個社會所接納。

卡夫卡的約瑟夫·K也與此類似，他相信自己的行動非常聰穎，能控制所有情況，但實際上卻像莫爾索，是個害怕被起訴和審判的人物。像莫爾索一樣，約瑟夫·K也很天真。他被無緣無故地起訴，但他認為只要自己行動得當，就能度過難關。他不斷預測自己行動的結果，但總是在面對與預測不同的結果時驚慌失措。例如，他對世界的單純的信任是這種方式的：

雖然不知道到底是什麼原因，但他覺得早晨的事件把格魯巴赫夫人全家搞得一團混亂，他覺得自己有義務使其恢復正常。一旦秩序恢復，事件的痕跡將徹底消失，一切將回到常態。

他的「精神勝利法」是非常認真的。與大學生起肢體衝突時，當K落入下風，他這樣想道：

他受挫是自找的，因為他想先發制人，要是他在家過著平常的生活或是出門辦事，他一定比他們任何人都強，如果有人擋住他的路，無論是誰，他都可以一腳踢開。

誰說不是呢？如果只是在家裡，有誰是贏不了的呢？只有在想像中，才能一拳就把搏擊世界冠軍擊倒。但在現實中，如果打架的話只會敗北。歸根結柢，讀者很快就會明白，他的自信是多麼單純。K不僅單純，還呈現出一些受害妄想症狀。他因為毫無理由地被起訴才會如此，但也有可能是原本就具有這種性格。例如，他在出庭時也突然開始滔滔不絕，聲稱對他的逮捕是不合理的。

K說到這裡暫時停頓，望著保持沉默的預審法官。他還認為自己偶然發現預審法官望著羣眾中的某個人，給他發出某種信號。K微笑著說：「我旁邊的預審法官剛剛向你們中的某個人發出了某種神秘的信號，所以你們當中有個人在接受台上的指示。對於我來說，雖然不知道剛才發出的信號是要讓你嘲弄還是喝彩，但因為我事先揭穿了這件事，所以我決意放棄瞭解這個信號的意義。我完全不在乎，我可以在此公開授權預審法官，請大聲命令那些花錢僱來的人，而不是打暗號。比如說「現在嘲弄他吧！」，然後下次說「現在鼓掌吧！」。

預審法官不知是因為驚慌還是焦急，在椅子上坐立難安。……

「我馬上要講完了。」K這樣說著，因為沒有鈴，所以用拳頭敲桌子。預審法官和其參謀當時正埋首討論，因為被聲音嚇到，瞬間分了開來。「因為這一切與我沒什麼關係，所以能冷靜地判斷這一事件。而且，如果大家認為這個所謂的法庭很重要，那麼傾聽我的話是非常有益的。關於我所講的，希望大家以後再互相交換意見。我沒有時間，得馬上離開。」

會場立即安靜了下來。此時，K已經完全控制了全場，人們沒有像最初那樣吵嚷，雖然沒有鼓掌，但現在似乎已經相信了他的話，或者幾乎可說快要被說服了。

陷入自己信念中的人就像孩子，所以逗孩子玩是有可能的。孩子們相信小企鵝啵樂樂（Pororo）或聖誕老人是存在的，只要自己有某種信念就能成真。約瑟夫．K就是那樣的人物。他相信自己近乎被害妄想的演講感動了聽眾，因此審判也能簡單結束。如果毫無成見地閱讀卡夫卡的《審判》，就像看一部喜劇，有很多令人捧腹大笑的部分，正是因為這種愚蠢所致。莫爾索和約瑟夫．K都像迷宮裡的實驗老鼠，看世界的視野很狹隘。米蘭．昆德拉在隨筆〈被遺忘的塞萬提斯傳承〉中，對主角們看待世界的觀點進行了有趣的歷史比較。

姑且不論是否同意米蘭．昆德拉的洞察，如果我們能夠把唐吉訶德、愛瑪．包法利和約瑟夫．K朝同一個消失點排列，必定會感到某種快感。這三個人都在冒險，唐吉訶德是自發的，愛瑪．包法利被幻想所吸引，K則是被召喚不得不進行冒險。可說是卡夫卡下一世代的卡繆的莫爾索，也陷入了「可怕狀況的陷阱」，處於看不到自己外面任何東西的狀態。卡夫卡創造的這種情況和人物，在二十世紀以後無數的現代小說中都可以發現。

有些作家還公開「重寫」特定文本。我曾和日本作家水村美苗在「愛荷華大學國際寫作計畫」中共事一個多月，她以獨特的方式構建了僅屬於自己的小說世界。她續寫夏目漱石的未完成長篇，或者借用日本私小說文體寫艾蜜莉·勃朗特（Emily Brontë）的《咆哮山莊》，然後取名為《本格小說》。在韓國，她的作品中只有《本格小說》被翻譯。該小說讀起來就像作者本人在上世紀七〇年代日本經濟全球化時期，在美國東部親身經歷的事情。以司機身分進入家庭的東太郎，立刻讓人聯想起希斯克里夫。但即便如此，該小說也不是過去流行的改編小說。水村美苗以日本人為主角，以美國東部為背景重寫英國文學的代表性經典作品，產生了驚人的效果。再加上第一人稱敘述者以自己親身經歷為主敘述的、日本文學特有的私小說文體，自然而然地引出「小說究竟是什麼」的問題。眾所周知，艾蜜莉・勃朗特的《咆哮山莊》對後來的眾多小說和電影產生了強烈的影響。希斯克里夫根據膚色被推測為出身殖民地，雖然以養子的身分與同齡的凱瑟琳一起度過了幸福的童年，但此後受到各種虐待和委屈，他在凱瑟琳接受林頓的求婚後出走，後來成為富有的紳士回來，肆意復仇，這種故事在全世界幾乎所有的電視劇中不計其數。要挑戰重寫這個耳熟能詳的故事，肯定不是件容易的事情。因為一定得既相似又不同，重寫的理由必須明確。

當然，像《羅密歐與茱麗葉》和《春香傳》這樣的作品，現在也無數次被「重寫」。在小說中，這種重寫反而出乎意料地少見，那是從進入近代之後，小說家開始被賦予「創造性藝術家」的光環或「從無到有的創造天才」神話。但是，任何小說家都不能從無到有。只是可以改變一點點已經寫好的東西，變成自己的東西而已。

夏綠蒂・勃朗特（Charlotte Brontë）的《簡愛》也由一位名叫珍・瑞絲（Jean Rhys）的作家以《夢迴藻海》的名字重新寫成。這個故事可以說是一種前傳（prequel），在《簡愛》中，羅徹斯特的妻子柏莎是個被關在小屋裡，只會發出臨終聲音的瘋女人。但在《夢迴藻海》中企圖追溯柏莎為何會被關在那個小房間。在《簡愛》中，那個瘋女人只被視為兩個戀人之間的障礙，從這一點來看，這部小說可以明顯地感受到作家的女性主義觀點和意圖。在以男性為中心的社會裡，特別的女性經常被當作瘋女人而遭到埋沒或孤立，雖然現在也是如此，但在過去尤其嚴重。卡米耶・克洛岱爾（Camille Claudel）和羅蕙錫就是如此。珍・瑞絲就是想經由柏莎來證明這一點。

諾貝爾文學獎獲獎作家柯慈（John Maxwell Coetzee）也將丹尼爾・笛福（Daniel Defoe）的《魯賓遜漂流記》改寫為《仇敵》（*Foe*）。他說忘掉我們所熟知的勇敢、富有正義、信仰深厚的克魯索。取而代之的是卑劣、固執、不想逃離島嶼的老人。而且《仇敵》的敘述者不是克魯索，而是名為蘇珊・巴頓的女性。這位女性幾經周折，被拋入海中漂流，到達克魯索居住的島嶼。島上有著統治島嶼十五年的克魯索老頭和舌頭萎縮無法言語的黑人奴隸星期五，克魯索被描述為是一個性格急躁、傲慢，而且對一切失去興趣的人。

在後現代主義時代，這種「重寫經典」的作品尤其多。不管是不是這樣明目張膽地標榜「重寫」，全世界的作家仍然在重寫一些作品。經由這樣的過程，波赫士的《巴別圖書館》，亦即書的宇宙越來越大。寫小說跟買地蓋房子有點不一樣，寫小說是把別人的東西借來，然後再還給書的宇宙的工作。

那麼，閱讀小說就是在這個浩瀚的書的宇宙中探險，就像《納尼亞傳奇》中通往異世界的衣櫃一樣，我們經由一本書進入宇宙。書籍是通往新世界的大門，也是連結其他書籍的紐帶。找出小說與小說、故事與故事、書籍與書籍之間的連結，對於讀者來說無疑是一種快樂。我們在沉迷於故事的同時，也會尋找它與其他故事的連結點，積累這些經驗，可以找出看似毫無關係的小說和小說之間的相似之處。與此同時，讀者逐漸完成只屬於自己的書的宇宙和地圖。

到目前為止，我們一起探索了那個宇宙的極小部分。從荷馬和索福克里斯開始，到塞萬提斯、福樓拜、水村美苗和柯慈的寫作。雖然他們是優秀的作家，但我們深知，書的宇宙比這更廣闊，比我們有限的人生更久遠。只是我們仍然需要從他們開始尋找連結點，發現更精彩的星座，並擴張書的宇宙。

事實上，以讀者身分活著也許沒有現實的回報。但是超越我們短暫的生物學上的生命，能夠連結到永遠存在的宇宙，哪怕只是暫時的，能成為那個世界的一份子，也許這才是讀書的最大補償。就像星星數百、數千年前發出的光芒直到現在才進入我們的視網膜，書籍也會超越遙遠的時空到達並影響我們。正如米蘭·昆德拉的洞察，雖然我們現代人的視野像約瑟夫·K那樣狹窄，所有人都在世俗的理解和短暫的希望中喧鬧地生活，即使世界不再允許唐吉訶德那樣的冒險，但我們也有魔法之門可以戲劇性地擴張這一狹隘的展望。那就是跳進「故事之海」，與「書的宇宙」連結起來。

作者的話

我曾想過，如果我受到某種懲罰，在閱讀和寫作兩者之中只能選擇一個，我會選擇哪一個？雖然不能書寫的人生非常不舒服，但無法閱讀的痛苦似乎更大。當人生不如意時，就會夢想著理想中的生活面貌。無論是躺在熱帶無人島椰子樹下的吊牀上搖晃，還是坐在俯瞰塞納河的巴黎公寓陽臺上，甚或是坐在巨型遊輪瞭望臺上俯瞰珊瑚礁，如果這些場面裡少了書的話會怎麼樣？在無人島、巴黎和遊輪上的生活突然會感覺就像是枯燥無趣的苦差事。對我來說，幸福的風景必須要有兩種東西，有趣的書和冰涼的啤酒，其中最重要的是書。

我經常被問到「你是怎麼成為作家的」？其實並沒有什麼特別的契機。有些孩子看到電視上播放的足球比賽後，跑去學校運動場和朋友一起踢球，他比其他孩子更快、運動神經更好，於是得了學校教練的青眼，成為足球選手。我成為作家的情況也差不多。我喜歡看書，為了寫相似的東西，總是隨手寫下，後來受到周圍人的關注和鼓勵，不知不覺就成為了作家。我讀到的書籍決定了我身為作家能寫的東西。人們常說「對於作家來說經驗很重要」，但對我來說，經驗幾乎完全都是讀書的經驗。在我懂事之後，從沒有從任何活著的人那裡得到過什麼深刻的印象。但我曾經無數次被一流的小說征服，這些衝擊讓我「重寫」了這些小說。

這本書可以說是獻給我之前讀過的書，特別是讓我成為作家的那些文學作品的愛情告白。就像所有的愛情告白，這也需要相當長時間的準備、努力和猶豫。我重新閱讀了很久以前讀過的書；閱讀那些自以為已經讀過，但其實沒讀過的書；還有那些以前只讀過兒童刪節版的作品，如今重新閱讀了其全譯本。雖然還有很多書要讀，雖然擔憂是否適合出版這樣的書，但想到應該在此刻整理出敘事文學是如何開始的，流向何處，作為讀者和作家的我站在什麼樣的位置，於是鼓起了勇氣。

哈洛・卜倫（Harold Bloom）曾寫道「在莎士比亞書寫《哈姆雷特》之前，像哈姆雷特這種類型的人並不存在」。按照他的說法，也許我這個人是從唐吉訶德、愛瑪・包法利和拉斯柯尼科夫那裡被創造出來的。我想把這本書獻給那些雖然是在想像中創造，但比現存的任何人都活得更加生動，以後也會永遠活下去的書中人物。

二〇一五年十一月

金英夏

讀 읽다
因為有小說，我們得以自由

作　　者　金英夏
譯　　者　盧鴻金
美術設計　石頁一匕
行銷企劃　林瑀、陳慧敏
行銷統籌　駱漢琦
業務發行　邱紹溢
營運顧問　郭其彬
責任編輯　吳佳珍
總 編 輯　李亞南
出　　版　漫遊者文化事業股份有限公司
地　　址　台北市松山區復興北路331號4樓
電　　話　(02) 2715-2022
傳　　真　(02) 2715-2021
服務信箱　service@azothbooks.com
網路書店　www.azothbooks.com
臉　　書　www.facebook.com/azothbooks.read
營運統籌　大雁文化事業股份有限公司
地　　址　台北市松山區復興北路333號11樓之4
劃撥帳號　50022001
戶　　名　漫遊者文化事業股份有限公司
初版一刷　2022年6月
定　　價　台幣310元

ISBN　978-986-489-645-5

This book is published with the support of the Literature Translation Institute of Korea(LTI Korea).

國家圖書館出版品預行編目 (CIP) 資料

讀 : 因為有小說，我們得以自由/ 金英夏著 ; 盧鴻金譯. -- 初版. -- 臺北市 : 漫遊者文化事業股份有限公司, 2022.06
176 面 ; 14.8X21 公分. -- (金英夏作品集 ; 10)
譯自 : 읽다
ISBN 978-986-489-645-5(平裝)
862.6　　111007323